오라는 데도 없고 인기도 없습니다만

이수용 산문집

이전보다 더 찬란한 방황으로

차
례

치킨집
아르바이트를
시작했다

태어나 가장 먼저 배우는 감정은 뭘까? 아픔, 슬픔, 좌절, 그리고 설움. 나는 그 속에서 체념을 먼저 배웠다.

평소와 다를 것 없던 어느 날, 방과후 돌아온 집에는 아무도 없었다. 그 적막 속에서 처음 마주한 공허함은 나약한 인간을 집어삼키는 데 큰 어려움이 없을 정도로 압도적이었다. 그 무게를 견디지 못하고 집을 뛰쳐나와 계단에 앉아 멍하니 누군가 오기만을 기다렸다.

어둑해진 저녁, 흐릿한 시야에 누군가 들어섰다. 엄마였다. 그 순간 왜 이제야 왔냐며 커다란 울음을 터뜨리거나 어리광을 부리기보다는 앞으로 이런 상황이 언제든 다시 생길 수 있다는 아린 예감과 더불어 익숙해져야만 한다는 강박이 일었다. 그렇게 혼자를 수렴하는 법을 배웠다. 혼자가 되었을 때 상황이나 사람을 원망의 대상으로 삼기보다는 홀로 있는 것 자체를 받아들였다.

밥을 짓고, 공부를 하고, 빨래를 개고, 청소기를 돌리고, 책을 읽었다. 혼자서도 할 수 있는 것들이 많아졌을 때쯤 대학에 합격해 서울에서 자취를 시작했다. 그러니까 물리적으로도 완벽하게 혼자인 상태가 된 것이다. 아무 문제없을 줄만 알았다. 아니, 꽤나 자신만만했던 게 사실이다.

혼자 있는 것쯤이야 지금껏 그래 왔으니 낯설 것도 없었다. 그러나 곧 외로워졌다. 전보다 더 지독하게.

친구들과 함께 있는 순간에도 외로웠고, 혼자를 즐기는 순간에도 외로웠다. 그럴수록 소속에 집착했다. 혼자일지언정 찾아갈 어딘가가 있다는 희끗한 확신으로 안심이 되기도 했으므로.

집을 떠나, 대학교 학술 동아리에 가입해 전부를 걸었다. 덕분에 굉장히 많은 사람들과 친해질 수 있었다. 물론 그들이 전부 나의 사람들이라고 단언하지 못한다는 것쯤은 알고 있다. 그렇지만 두루뭉술한 관계들조차 자그마한 위로가 되는 날들이 이따금씩 있었다.

칼졸업을 했다. 그후 정해지지 않은 시간에 일어나, 오늘은 무얼 하며 보내야 하나 고민해야 하는 할 것 없는 무소속 인간이 됐다. 혼자의 무게를 오롯이 떠맡았다. 긴 세월 동안 집단에 소속되어 그곳에서 밀려나지 않기 위해 주어진 역할을 지겹도록 해왔으면서, 아이러니하게도 다시 어딘가에 소속되기 위해 애쓰는 꼴이라니.

취업 준비를 하는 시간만큼이나 어지러울 때가 또 없었다. 방황의 시간을 조금이나마 붙잡아줄 무언가가 필요했다.

무슨 일이든 하자는 마음으로 구인 구직 사이트를 뒤졌다. 자취방에서 오 분 거리에 있는 치킨집 주방보조 아르바이트가 눈에 띄었다. 게다가 많은 시간을 할애하지 않아도 될 만큼 적당한 시간만 일할 사람을 구한다고 쓰여 있었다. 이보다 더 완벽할 순 없었다. 치킨을 좋아하지 않으니 정들 일도 없고, 잠깐 일하고 나머지 시간엔 취업 공부를 하면 딱이었다.

그날 바로 면접을 봤고, 저녁에 합격 문자를 받았다. 나의 무소속 시절을 통째로 바꿔놓은 치킨집 아르바이트가 그렇게 막을 열었다.

아르바이트 첫날, 한 가지 다짐을 했다. 무엇이든 못해내 겠느냐고, 이전보다 더 찬란한 방황이라면야 얼마든지.

(소속 없음)

새해 첫날이 되면 버릇처럼 치르는 의식이 하나 있는데, 내 프로필을 천천히 적어보는 일이다.

이름, 이수용. 성별, 남자. 나이, 스물일곱. 거주지, 서울. 고향, 광주. 마음의 고향, 회기. 소속, 없음…….

대학 졸업 후 태어나 처음으로 무소속 인간이 되었다.

0살부터는 가족의 품에, 5살부터는 유치원에, 8살부터는 학교에 소속되어 살아왔다. 인간의 숲에서 당연하게 생활해온 나약한 인간은 어느새 광활한 평야를 마주하게 됐다.

내일 아침 눈을 뜨면 다시는 숲으로 돌아갈 일은 생기지 않을 것이고, 할 일이 없어졌다는 불안감에 시달릴 것이며, 새로운 숲을 찾아 열심히 헤매게 될 테지. 소속이 없는 인간이 할 수 있는 거라곤 고작 이런 게 전부다.

나이를 먹는다는 건 뭐랄까, 엔딩을 보기 위해 계속해서 동전을 넣어가는 게임 같은 거라 여겼다. 1단계를 깨면 2단계로 넘어가야만 하고, 2단계를 깨기 위해 몇 번이고 동전을 넣어 연거푸 도전을 하고, 그 2단계마저 깨고 나면 3단계로 넘어가기 위해 2단계에 썼던 동전보다 더 많은 양의 동전을 준비해야 한다. 그러나 이전 단계보다 쉬운 다음 단계란 존재하지 않고, 어려운 단계를 헤쳐나가는 데 필요한 경험의 대가인 동전이 넉넉할 리도 없다.

나는 그렇게 3단계로 넘어가는 길목쯤에 서 있었다.

코인을 넣어야 할까 말아야 할까. 게임에서는 그런 고민을 기다려주지 않는다.

Continue?라는 물음 아래 10초 카운트다운이 시작되면 그동안 이 잔인한 게임을 계속할지 말지 결정해야만 한다. 물론 실전인 인생에서는 결정권이 없지만, 그래서 지금까지는 망설임 없이 동전을 넣어왔지만. 왜인지 이번만큼은 그러고 싶지 않았다. 1까지 기다렸다 아슬아슬한 타이밍에 동전을 넣어도 나쁠 것 없어 보였다.

당연히 마음먹은 대로 하지는 못했다. 평생을 어딘가 혹은 누군가에 소속되어 복닥복닥 살아온 인간은 주위에 공기가 비어 있는 것을 결코 참지 못한다. 소속이 없다는 건 곧 나는 퍽 인기 없는 인간이라는 사실을 대변하는 것 같아서. 그래서 굳이 새로운 소속을 찾아 나섰다. 나 뭐해, 어디에 있어, 할 수 있는. 내가 느끼는 공허함과 외로움을 소속감이 대체해줄 수 없다는 걸 알면서도 일단 몸부터 속여보자며 고된 일을 선택했다.

치킨집과 치킨을 썩 좋아하지 않는 인간. 전혀 다른 길을 걷는 이 두 존재가 언제까지 공생할 수 있을지. 인생, 알다가도 모를 일이라고 하지 않았던가.

안은
생각보다
어둡다

오전 열한시, 가게에 도착하자마자 불을 켠다. 햇빛이 가득 들어오는 커다란 창문이 있지만, 홀과 주방의 불을 모두 켜야만 한다. 물론 불을 꼭 켜야 할 정도로 가게 안이 몹시 어두운 건 아니다. 그래서 사장님이 출근하면 불을 켜라고 했을 땐 처음에는 나도 굳이 켜야 하는 건가 싶어 고개를 갸우뚱했다.

닷새 정도가 지나고 나서야 알게 됐다. 혼자서 가게 오픈 준비를 할 때나 손님들이 들어와 식사를 즐길 때나 불이 켜져 있는 따스함이 더 좋다는 사실을.

가끔은 어둑해진 밤의 가게가 궁금했다. 어느 때보다도 불이 절실한 밤에는 가게 안의 정취가 어떤 풍경을 자아내는지 보고 싶었다. 길을 걷다 가게가 보이면 잠깐 멈춰서 멍하니 보게 되는 날이 늘어났다. 해가 떠 있는 낮에도 불을 켜는데, 밤에는 오죽할까 싶어서.

하루는 저녁시간 홀 서빙을 도와주러 가게에 갈 기회가 생겼다. 창문으로 들어오는 달빛도 소용이 없어 꼭 불을 켜야만 하는 밤. 안은 걱정했던 것보다 훨씬 더 밝았다. 사람들은 어두울수록 가게 안으로 모여드는 듯했다.

혼자인 손님들도 더러 눈에 띄었다. 혼자인 손님들은 오롯이 자신만을 위한 한끼를 만끽했다. 사랑하는 이와 함께 온 손님들은 서로 마음의 온도를 높여주며 저녁식사를 나누었다. 어느 한 테이블도 침울하거나 쓸쓸해 보이지 않았다. 손님들은 서로에게 집중할 뿐이었다. 모두들 각자의 온기나 밝기로 그렇게 가게 안을 밝히고 있었다. 내일 찾아올 어둠에 대한 걱정 따위는 찾아보기 어려웠다.

안은 생각보다 어둡다. 어둠은 오히려 한낮에 더 쉽게 느껴진다. 세상이 환해서, 내가 밝아질 준비가 아직 덜 되어서겠지. 몸 안 깊숙이 감춰진 내 마음에는 자유롭게 나갔다 들어올 창문이 없어서 미처 들여다보거나 살피지 못할 때가 많다. 얼마나 답답했을까.

하루를 시작하는 아침이면 스스로를 다독인다. 오늘도 잘 지내보자고. 그리고 하루를 끝마친 밤이면 스스로를 쓰다듬어준다. 오늘도 잘 지내줘서 고맙다고.

살다보니 빛이라는 것이 언제나, 어디에서나, 그리고 누구에게나 공평하게 내리쬐지는 않더라. 그래서 우리는 서로에게 빛이 되어주고, 온기가 되어주기 위해 해가 쨍하게 내리쬐는 한낮에도 마음의 불을 밝힌다.

밝은 날에 괜히 불을 켠다고 무어라 나무랄 수 있는 사람은 나 이외에 아무도 없다. 전기세 폭탄을 맞을 일도 없으니 불을 켜지 않을 이유가 더욱이 없다. 그러니 한낮에도 안심하고 불을 켜자. 내 마음이 환하게 나를 기다리고 있을 테니.

가려진
메뉴를
추천합니다

치킨집 아르바이트를 시작하고 일이 손에 익을 무렵이 되니 사람들 사이에서 어떤 메뉴가 가장 인기 있는지를 자연스레 깨닫게 됐다. 눈꽃치킨과 간장치킨이 압도적으로 많은 선택을 받았다. 이 두 메뉴는 다른 메뉴에게 자리를 내어줄 생각이 도통 없어 보인다. 그렇다고 그들을 억지로 끌어내릴 수도 없는 노릇이다. 보통 손님들은 익숙한 것이 안전하다고 느껴서인지 아는 맛이 최고라는 말을 따라가곤 한다. 물론 나 역시 아르바이트를 시작하기 전까지는 별반 다르지 않았다.

주방으로 들어가 대뜸 사장님이 가장 좋아하는 메뉴는 무엇인지 물었다. 사장님은 자신이 개발한 타코야끼치킨이 맛있다고 했고, 나는 딱 한 조각 먹어본 깐풍새우치킨이 맛있다고 했다. 우리는 눈꽃치킨과 간장치킨이 잘 팔린 다는 사실을 알고 있음에도 불구하고 서로 다른 메뉴를 꼽 았다. 나머지 메뉴들도 충분히 맛있다는 걸 알고 있기 때 문이다. 직접 만들다보니 정이 들었나보다.

가게에 처음 온 손님이 메뉴를 추천해달라는 부탁을 했 다. 베스트 메뉴인 눈꽃치킨과 간장치킨이 머리에 맴돌았 지만, 정작 입은 다른 메뉴를 추천하고 있었다. 장황한 설 명은 필요 없었다.

"제가 먹어봤는데, 타코야끼치킨이랑 간풍새우치킨이 진짜 맛있어요."

추천사라곤 이게 전부였다. 손님은 내가 추천해준 치킨 을 남김없이 다 먹었고, 계산을 하며 만족한 듯 정말 맛있 더라는 인사를 전했다. 추천할 땐 괜한 짓을 했나 걱정이 앞섰다. 하지만 손님이 떠난 자리에 남겨진 빈 그릇이 걱 정을 뿌듯함으로 바꿔줬다.

스물네 살 때 첫 책을 낼 수 있었던 기회를 제 발로 걷어 차버린 적이 있다. 아마 내 인생에서 가장 잘한 결정이 아 니었을까. 그때 책을 내기 위해 요구받았던 글을 썼더라면, 사람들에게 가장 인기 있는 감정과 이야기를 담아내기 위해 스스로를 괴롭혔을지도 모르겠다. 하지만 그건 내가 아니다. 나는 사람들이 선뜻 확신을 가지지 못하는, 그러나 충분히 맛있는 감정과 이야기를 글에 담아내고 싶다.

아무래도 책을 내기는 글렀다. 그래도 괜찮다. 익숙지 않은 맛이 궁금해 찾아주는 이들이 여전히 내 곁에 있으므로. 어느 날 문득 깐풍새우치킨이 아른거리면 망설임 없이 들러주길 바란다. 나는 언제고 대세 뒤에 가려진 메뉴를 추천해줄 준비가 되어 있다.

오만 원
때문에

평범한 인간의 한 시간 노동값은 정확히 8,590원이다.

술집 홀 서빙에 영어 학원 강사까지, 다양한 아르바이트를 섭렵한 나름 고급인력인 나 또한 다르지 않은 급여를 받으며 일하고 있다. 처음에는 땅 파면 돈이 나오느냐는 마음가짐으로 최저시급도 감사하게 생각하자 했는데, 인간은 본디 간사한 동물이라 그리 오래가지는 못했다. 두 시간 일하면 딱 치킨 한 마리 먹을 수 있다고 생각하니 갑자기 억울해지더라. 그래도 어쩔 수 없다. 엄마를 떠올리면 불평은 사치에 불과했다.

아르바이트를 시작한 건 고작 오만 원 때문이었다. 새해들어 엄마가 용돈을 줄이겠노라 선언했다. 2월에 오만 원,

3월에 다시 오만 원이 줄었다.

염치없게도 울컥하고 말았다. 세금을 내고 생필품을 사고도 하루에 만 원 정도 쓸 수 있을 정도로 용돈을 받아 생활해왔다. 최대한 아껴 쓰려 애쓰고 있는데, 오만 원씩 줄어가니 조금은 힘에 부친 게 사실이었다. 요즘 웬만한 밥과 커피의 가격이 오천 원을 훌쩍 뛰어넘는 것도 한몫했다.

나도 모르게 확 짜증을 냈다. 이럴 거면 괜히 서울로 대학을 왔다고, 그냥 고향에서 다닐 걸 그랬다고.

전화를 끊고서는 금세 후회가 밀려왔다. 왜 그렇게 짜증을 냈는지 모르겠다. 엄마는 어떤 마음이었을까. 혀를 차기는커녕, 도리어 가슴 아파했을 것이다. 가슴을 두어 번 세게 내려쳤다. 잘못한 사람이 더 아파야 하는 법이니까.

곧바로 아르바이트 사이트를 훑어봤다. 집 근처 치킨집 주방보조 아르바이트가 눈에 들어왔다. 그날 저녁, 다음주부터 출근하라는 연락이 왔다.

엄마에게 전화를 걸었다. 이제 용돈은 주지 않아도 괜찮다고 말했다. 아침에 일찍 일어나 아르바이트를 하고, 오후에는 구직활동을 위한 공부를 하겠다는 나의 계획을 차분하게 설명했다. 엄마는 그 오만 원을 줄 테니 아르바이트는 하지 않는 게 어떻겠냐고 물었다. 아르바이트를 하려고 결심한 건 오만 원 때문만은 아니었다. 그간 지원해준 것만으로도 족하니, 적어도 나에게 주는 용돈만큼은 엄마 자신에게 썼으면 했다.

엄마는 그 이후로도 한 달간 꾸준히 아르바이트가 힘들면 당장 그만두라는 말을 수도 없이 반복했다. 나는 대답했다. 이게 힘들면 앞으로 무슨 일을 하겠냐고.

두 달쯤 일해보니, 원래 받던 용돈 정도의 돈을 벌어보니 그제야 알겠더라. 엄마가 얼마나 힘들게 일해왔는지를. 하루종일 서서 옷을 팔기 위해 손님들을 상대하고, 보람도 느끼지 못하게 자식에게 짜증까지 들었다. 고작 오만 원 때문에, 내가 아르바이트를 이틀만 하면 벌 수 있었던 돈 때문에. 아마 나는 엄마에게 짜증을 냈던 것을 오랜 시간 동안 곱씹으며 눈물을 글썽일 거다. 눈물 따위가 죄책감을 덜어줄 순 없고, 그 순간 엄마의 감정을 없애줄 수도 없겠지만.

백화점에서 중간관리 매니저로 일하고 있는 엄마는 늦봄이나 초여름쯤 매장을 뺄 수도 있다고 했다. 십 년이 넘도록 일한 탓인지, 복귀를 하더라도 여름은 쉬고 싶다고.

몸을 잠시도 가만두지 못하는 나의 버릇은 전부 엄마를 닮은지라, 내가 말리더라도 엄마는 다시 일을 할 거라 생각한다. 그래도 엄마가 잠시 일을 쉰다는 말을 듣고 내가 아르바이트를 하고 있어 다행이라는 생각이 가장 먼저 들었다. 엄마가 훨씬 편한 마음으로 쉴 수 있을 거라는 묘한 안도감이 일었다.

기왕이면 뒷치마도 부탁드립니다

 지금껏 일하며 가장 바빴던 날은 첫날이었던 것 같다. 딱히 다른 날이 기억나질 않는 걸 보면 아마 맞을 거다. 처음이 가진 힘일 것이다. 좋았고 나빴고를 떠나, 뒤돌아보면 얼마가 지나도 선명한 순간은 처음뿐이다.

 나의 처음은 의욕에 넘쳤던 것 치곤 완벽하지 못했다. 그래도 처음이라 스스로를 용서했고, 사장님은 그런 나를 너그러이 이해해줬다. 나는 다음에 이곳을 찾아올 누군가와, 그 누군가의 처음을 위해 모든 일을 꼼꼼하게 적어뒀다.

 이것저것 배우느라 정신없는 와중에 손님이 한꺼번에 쏟아져 들어왔다. 나의 주된 업무는 청소나 설거지 같은 잡일이라고 생각했지만, 명색이 주방보조가 일거리가 생기기만을 손놓고 구경하고 있을 수 없었다. 두 팔을 걷어올리고 사장님을 돕기 시작했다. 나에게 주어진 미션은 치킨 반죽이었다. 방법은 간단했다. 미리 계량해둔 닭을 꺼내 반죽 그릇에 넣고, 반죽용 파우더를 적당히 털어넣은 뒤 물과 함께 섞어두면 되는 거였다. 까짓거 식은 죽 먹기 아니냐고 묻는다면, 아쉽게도 전혀 아니었다.

모든 게 서툴고 어색했던지라 허둥지둥대는 바람에 애를 먹었다. 어찌어찌 제대로 된 반죽을 해내긴 했지만, 옷은 당장 빨아야 할 정도로 더러워졌다. 나름 깔끔한 성격인지라 조심한다고 했는데도 반죽의 테러를 피할 순 없었다.

사장님은 나를 보며 내일은 꼭 집에 있는 앞치마를 가져다주겠다고 하셨다. 그다음날은 사장님이 챙겨주신 앞치마 덕에 마음놓고 일을 할 수 있었다. 또 이틀째가 되니 조금은 수월하게, 그리고 더 깔끔하게 일을 끝마칠 수 있었다. 집에 돌아와 옷을 벗고 이번에는 멀쩡하겠거니 살펴보니 웬걸, 옷 뒤가 더러워져 있었다.

누군가에게 보이는 앞모습에만 신경쓰다, 정작 내가 챙기지 않으면 모르고 지나칠 수고로움을 외롭게 내버려두었다. 세상은 의외로 수고롭다는 말에 인색하다. 잘했다는 칭찬보다 수고했다는 다독임이 그리워지는 나날들의 연속이다. 등에 묻은 반죽의 흔적으로 내가 겪은 희끗한 수고로움의 크기를 아주 조금이나마 가늠해볼 수 있었다. 그제야 등뒤가 보였다.

우리는 어딘가에 기댈 때 등을 사용한다. 슬퍼하는 사람을 위로할 때는 등을 쓰다듬어준다. 뒤를 지켜주는 등의 모양을 보고 그들의 기분을 어림짐작한다. 등에는 제대로 처리하지 않고 뒤로 넘겨버린 감정들이 덕지덕지 붙어 있다. 그 굳은 딱지를 떼어내는 데는 꽤나 오랜 시간이 걸린다.

앞은 거짓말이 가능하다. 더럽혀진 옷은 닦으면 되고, 괜찮다거나 아무 일도 없노라고 둘러대면 되고, 힘들어도 애써 웃어 보이면 그럭저럭 넘어갈 수 있다. 하지만 뒤는 거짓말을 하지 못한다. 뒷모습이란 건 내가 보거나 조절할 수 있는 게 아닌지라 어떻게 해야 할지 모르겠다.

엊그제는 사장님이 오랜만에 앞치마를 빨았는데 여전히 더러워서 이틀은 더 집에 두고 깨끗하게 세탁해야겠다고 하소연했다. 나의 앞은, 아니 그보다 뒤는 얼마나 더 더러워져 있을까. 무심결에 사장님에게 그랬다.

기왕이면 뒷치마도 부탁드립니다.

급한 대로 서로가 서로의 뒷치마가 되어줘야겠다.

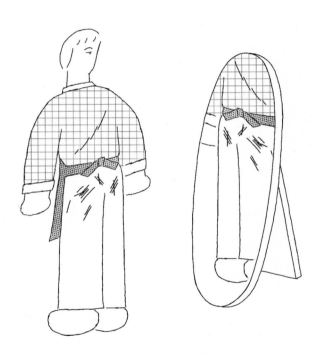

세척기도
세척이
필요하다

　주방 한켠에는 아주 큰 식기세척기가 자리잡고 있다. 전원을 켜고 어느 정도 기다리면 물이 데워져 설거지하기 딱 좋은 상태가 된다. 내가 일을 시작했을 땐 여전히 쌀쌀한 초봄이었는데, 식기세척기 덕에 손에 차가운 물을 묻히는 일을 조금은 덜었다. 식기세척기의 손잡이에 고무장갑을 걸어주고 몇 번을 토닥였는지 모른다.

　설거지가 다 되는 약 일 분 동안 잠시 숨을 고르기도 하고, 이따금씩 창밖을 내다볼 시간도 가진다. 김이 모락모락 올라오는 건 뜨거운 물로 마무리하고 있다는 신호다. 끝났다는 소리까지 내는 영특한 녀석이라 아쉽게도 더 쉬어보겠다는 꼼수를 부리기는 역부족이다.

그렇게 일주일쯤 썼을 때, 사장님이 식기세척기의 전원을 끄라고 하셨다. 무슨 일인고 하니 식기세척기를 세척해야 한단다. 더러워봤자 얼마나 더럽겠어 했던 안일한 마음은 세척기의 속을 들여다보자마자 싹 사라졌다. 거름망에는 자잘한 음식물 찌꺼기가 끼어 있었고, 물이 담긴 철통에는 기름기가 잔뜩 묻어 있었던 것이다.

고여 있던 물을 모두 비우고 물을 뿌려준 뒤, 수세미에 세제를 가득 묻혀 거름망과 철통을 깨끗하게 닦았다. 청소를 끝내고 다시 전원 버튼을 누르자 물이 차오르기 시작했다.

일 분 동안의 소중한 휴식시간을 지켜주는 세척기도 가끔은 휴식시간이 필요하다. 일주일에 한 번은 꼭 전원을 끄고 쉬어갈 것.

누군가 내게 고민을 털어놓을 때, 고민이 가시도록 도와주는 건 생각보다 간단한 일이다.

내게는 작은 원칙이 있다. 내 말은 최대한 줄이고 상대방의 말을 가만히 들어주는 것이다. 누군가의 고민을 잘 들여다보면, 그 속에 이미 스스로 내린 답이 있다. 다만 '너 마음가는 대로 해도 돼'라는 확인을 받고 싶을 뿐이다.

나는 사람들의 이야기를 듣는 게 좋다. 그것이 좋은 이야기인지 나쁜 이야기인지는 그리 중요치 않다. 어느 상황에서도 우리의 관계는 변하지 않을 테고, 어느 이야기라도 나는 언제나 궁금해하며 들어줄 준비가 되어 있다.

나에게 고민이 생길 때면 이어폰을 챙겨 밖으로 나선다. 잔잔한 음악을 들으며 얼마간 걷다보면 복잡한 머릿속과는 달리 마음은 까만 밤공기에 젖어 축 가라앉는다. 무엇이 맞는 걸까 머리를 이리저리 기울이다. 고민이 있다던 친한 형에게 내가 해줬던 말이 떠올랐다.

좋은 사람에게도 좋은 사람이 필요하고, 위로를 주는 사람에게도 위로를 주는 사람이 필요하고, 글을 쓰는 작가에게도 글을 쓰는 작가가 필요하다고. 좋은 사람인 형에게는 힘이 되어줄 또다른 좋은 사람이 필요할 뿐이라고.

가만히 되뇌어보니 나에게 해줘야 하는 말이었다. 한 번씩 전원을 끄고 물을 다 비워낸 다음 깨끗하게 씻어줬어야 했다.

아버지는
말하셨지,
아빠가 벌잖아

아르바이트를 하겠노라 통보했다. 아빠는 뜬금없는 소식에 적잖이 놀란 듯 잠시 침묵했고, 이내 알겠다고 했다. 분명 무언가 걸리는 게 있었을 거라 예상한다. 주방보조 아르바이트라고 하니 힘들 것 같기도 하거니와, 취업 준비에 집중하기를 바랐겠지.

흔쾌히 허락하지는 않았지만, 좋은 의도니 그리 큰 걱정은 하지 않으리라 생각했다. 그 이후로 엄마는 가끔 너무 피곤하면 당장이라도 그만두라며 몇 번을 더 전화했다. 그러던 어느 날 엄마가 아닌 다른 사람에게서 전화가 걸려왔다. 아빠였다.

꽤 늦은 시간이었고, 평소 전화가 없는 아빠이기에 술 한

잔 하셨구나 짐작했다. 그리고 예상대로 술에 취한 아빠의 음성이 들려왔다. 아르바이트의 고됨을 자고 있었다는 핑계 뒤로 숨기고 조금은 퉁명스러운 말투로 대화를 이어나갔다. 대화의 주된 내용은 역시나 아르바이트였다.

보다 여유로운 생활과 엄마의 부담을 덜어주기 위해 네가 돈을 벌고자 하는 마음은 충분히 알겠지만, 취업이 힘든 요즘 같은 상황에는 열심히 취업 준비를 하는 게 맞지 않겠냐며 아빠는 설득을 해왔다.

아빠는 나에게 싫은 소리를 최대한 하지 않으려 애써왔다. 애꿎은 엄마가 아빠를 대신해 잔소리꾼이 되는 것도 그 때문이다. 아빠는 내 고집에 절대 아르바이트를 그만두지 않을 것을 알고 있었을 거다. 일찍 일어날 겸 오전에 세 시간만 일하고 나머지 시간에는 취업 준비를 할 것, 주말에는 아르바이트를 하지 않을 것, 이런 조건도 붙었으니 마땅히 반대할 이유도 없었을 테고. 그럼에도 굳이 그만두라는 말을 반복하는 것은 표현이 서툰 아빠가 미안한 마음을 전달하는 방식이다. 매번 술이 주는 그린라이트의 힘을 빌려 전화하는 아빠의 진심에 반대할 수가 없어서 알겠다고, 정 힘이 들고 공부에 방해가 된다 싶으면 하지 않겠다고 약속했다.

하지만 딱 하나, 아빠의 말에 반박하고 싶은 게 있다.

'아직 아빠가 벌잖아, 그러니까 괜찮아.'

이 마지막 말에는 알겠다고 고개를 끄덕일 수가 없다. 그건 아르바이트를 그만두어도 되는 이유가 아니다. 그건 아르바이트를 해야만 하는 또다른 이유가 된다.

취업 경쟁에 뛰어든 아들이 행여나 기죽거나 끼니를 거르진 않을까 싶어 아직도 아빠가 벌고 있다 말한 것이 참으로 서글퍼진다. 그렇게 열심히 번 돈으로 아빠가 좋은 옷이라도 한 벌 사 입었으면 하는 마음이 든다. 내가 조금만 부지런하면 되는 일이니 전혀 신경쓰지 않았으면 한다. 그러니 아빠가 마음 쓰는 일을 거두었음 한다.

여열로도 충분하다

우리 가게에서는 파스타도 만든다. 점심이라고 치킨이 당기지 않을 리 만무하지만, 혹시라도 기름진 음식이 부담 스러우실 분들을 위해서다. 덕분에 출근하자마자 파스타 면을 삶는 일은 오롯이 내 몫이 됐다.

처음 일을 시작할 때, 얼마 동안이나 면을 삶아야 하는지 를 사장님께 물어봤다. 사장님은 딱 오 분이면 된다고 대답했다. 파스타 포장지에는 분명 육 분이라고 쓰여 있는 데, 사장님은 일 분을 줄여 말했다. 특별한 이유가 있는 건 지 궁금했지만, 구태여 묻지는 않았다. 경험보다 훌륭한 스승은 없다는 평소 가치관대로, 일단 해봤다. 젓가락으로 휘휘 저어가며 오 분을 꽉 채워 삶아내고, 철판에 면을 부어 올리브유를 골고루 묻힌 뒤 식혔다.

충분히 식었을 즈음 위생장갑을 끼고 계량을 시작한다. 계량이 끝나고 일 인분이 되지 못한 면 몇 가닥을 먹어봤다. 오 분을 끓인 뒤 바로 먹어봤을 땐 분명 조금 덜 삶아진 듯 딱딱한 감이 있었는데, 십몇 분을 식히고 나니 딱 알맞은 시간으로 끓인 것처럼 면이 적당하게 익어 있었다. 왜 그럴까 골똘히 고민해보았다. 답은 면이 식을 시간을 넉넉히 주었다는 데 있었다. 면은 100도가 넘는 아주 뜨거운 온도에 몸을 담그고 있었기 때문에 물 밖으로 나와서도 많은 열을 품고 있었다. 그 여열만으로도 면은 익을 수 있다. 물론 아주 차분하게 기다린 덕분이다.

요즘 나는 스스로가 파스타 면을 닮았다는 생각을 한다. 고된 아르바이트가 끝나고 집까지 4층을 계단으로 올라가면 들어가자마자 눕게 된다. 침대에 쓰러져 있다가 이러고 있으면 안 되겠다 싶어 억지로 몸을 일으켜 씻고 나가 공부를 했다. 당연히 집에서 충분히 쉬고 나가는 것만 못했다. 곧바로 밖으로 나가 불편하게 몸을 괴롭히는 것보다는, 어느 정도 쉬는 시간을 넉넉하게 가지고 이제는 괜찮겠다 싶을 때 해야 할 일을 하는 것이 훨씬 효율적이었다.

학교 다닐 때도 그랬다. 하루에 다 하지 못할 양이라는 걸 알면서도, 가방 가득 무거운 책을 꽉 채워 집까지 들고 와서는 고작 한 권 찔끔 보는 게 전부였다. 버릇을 고치는 데 꽤나 오랜 시간이 들었다. 지금도 크게 달라지진 않았다. 여전히 욕심 많은데다 고집불통이라 글이다, 문화생활이다, 취업 준비다 해서는 애꿎은 몸만 괴롭히고 있다. 차라리 실컷 쉬고 남은 시간에 후회 없이 올인해도 될 텐데.

사람 역시 여열로도 충분하다.

내가 쉬어도 되는 걸까 걱정이 될 때는 최선을 다해 달려보면 답을 알게 된다. 사력을 다해 뛰어서 결승선을 통과했다고 해도 바로 멈춰지는 게 아니다. 그렇다고 계속 그렇게 달릴 수 있는 것도 아니다. 점점 속도를 줄여 결국 멈춰 서고, 오히려 달리고 있을 때보다 훨씬 더 가쁜 숨을 내몰아 쉬게 된다. 그리고 며칠간은 근육통과 피곤함으로 몸져누울 수도 있다.

다시 달려나갈 힘은 멈춰 선 시간에서 얻을 수 있다. 우리는 바로 그 시간들로 충분히 익어간다. 그래서 일 분쯤은 덜 삶아도 괜찮은 건가보다.

배가
불렀나보다 하고
말았다

싱크대 뒤편에는 작은 통로가 있는데, 그곳으로 식사가 끝난 그릇들이 들어온다. 초반 몇 주는 아무 생각 없이 그 릇에 담긴 남은 음식을 쓰레기통에 버리고 설거지를 시작 했다. 사장님은 한 번씩 내 곁으로 와서는 설거짓거리를 쓱 훑어보고 다시 요리를 하곤 했다. 그러다 한 번은 나갔 던 음식이 굉장히 많이 남아 돌아온 적이 있다. 사장님은 고민 없이 그 자리에서 음식을 먹어보고는 이렇게 많이 남는 경우가 있으면 알려달라고 당부했다. 아무래도 요리 를 하는 사람은 혹여나 음식이 맛이 없어서 남겼을까 하 는 불안감이 있을 수밖에 없다. 일단은 알겠다고 고개를 끄덕였다.

대부분의 손님들은 빈 그릇으로 음식이 맛있었음을 표현한다. 하지만 간혹 음식을 남기는 손님들이 있다. 나도 왜 남겼을까 궁금해져서는 슬쩍 먹어봤다. 이미 식은 뒤라 맛이 떨어졌을 수 있다는 걸 감안하더라도 충분히 맛있었다. 고개를 갸우뚱하며 그 자리에서 남은 음식을 처리하고는 사장님께 오늘은 남은 음식이 없다며 거짓말을 한 적이 있다. 때로는 거짓말도 필요한 법이니까. 괜히 사장님이 실망하고 불안해하지 않았으면 하는 바람에서였다. 제법 까다로운 입맛의 소유자인 나에게도 맛있는 음식이기에 평소 자신이 만드는 음식에 자부심을 느끼는 사장님이 자신감을 잃지 않기를 바랐다. 그렇게 평화가 찾아오는 듯했으나, 역시 오래가지는 못했다.

정신없이 설거지를 하던 와중에 그릇이 내 뒤로 들어왔고, 사장님이 인기척도 느끼지 못할 만큼 조용히 다가와 남은 음식을 보고야 말았다. 재빨리 뒤를 돌아봤지만, 이미 사장님은 사뭇 진지한 얼굴로 남은 음식을 먹어보고 있었다. 맛이 없나 혹은 그렇게 별로인가 따위의 자책이 나올 줄 알았다.

"맛은 있는데, 배가 불렀나보다."

　예상치 못한 반전이 숨어 있는 결말에 아무 말도 하지 못하고 다시 조용히 설거지를 했다. 사장님은 그저 자신의 할일에 집중할 뿐이었다. 사장님은 손님이 음식을 남겼다는 단순한 사실 하나만으로 자신이 만든 음식에 대한 자신감을 잃지 않았다. 음식의 맛에는 이상이 없으니 남겨진 것에 대한 책임은 사장님의 소관이 아니었다.

엄마야
나는 왜

엄마야!

나도 모르게 짧고 굵은 탄식을 내뱉었다. 한껏 달아오른 오븐에 왼쪽 검지부터 약지까지 세 손가락을 데었다. 유독 바쁜 점심시간이라 그랬다. 어느덧 이 일에 익숙해졌다고 자부 아닌 자만에 차 있었는지, 아니면 사장님께 **빠릿빠릿**하다는 칭찬을 듣고 싶었는지, 안 하던 실수를 저질렀다.

한꺼번에 몰려들어온 손님들께 음식을 빨리 내어드려야 한다는 다급함에 오븐에 덜컥 손이 갔다. 손잡이가 있었지만, 마음이 앞서 가까운 곳을 맨손으로 잡았다.

결국 탈이 났다. 흐르는 물에 십 초 정도 손가락을 식히다, 더이상은 안 되겠다 싶어 차가운 물이 담긴 컵에 손가락을 담갔다 뺐다 반복하며 요리 보조를 했다.

괜찮냐는 사장님의 물음에 별일 아니라고 대답했다. 벌써 석 달 차인데, 덜렁거리다 다친 사람으로 보이기는 싫었다. 다행히도 아르바이트가 끝나가는 시간이었다. 집으로 달려와 차가운 물에 십 분 정도 손가락을 대고 있었다. 손가락 속으로 들어갔던 열이 어느 정도 빠져나왔는지 괜찮아진 것처럼 느껴졌다.

친구와 약속이 있어서 곧바로 샤워를 하고 나와 드라이기를 집어들었다. 뜨거운 바람을 맞아서인지 다시 손가락이 아려오기 시작했다. 차가운 물을 컵에 담아 손가락을 넣어가면서 겨우 나갈 채비를 마쳤다.

손가락의 상태는 점점 심해져갔다. 결국 카페에 있던 친구에게 짐을 맡기고 약국에 갔다. 약사 선생님이 연고를 챙겨주시며 그랬다.

"엄마가 보면 마음 아파하시겠어요."

손가락 세 개에 밴드를 붙여놓으니 이게 무슨 꼴인가 싶어 실소가 나오다가, 한편으로는 애쓴다는 마음이 일어 씁쓸해졌다. 엄마에게 다쳤다는 이야기를 장난스레 전해줄까 하다 말았다. 역시 약사 선생님의 말이 마음에 걸렸다.

사장님이 괜찮냐고 물을 땐 괜찮지 않지만 괜찮은 척을 해놓고선, 정작 엄마에게는 괜찮지 않은 일이 있었노라 말하고 싶어지다니. 드라마 〈디어 마이 프렌즈〉의 대사처럼, 자식들은 너무나도 염치없는 존재라는 생각이 든다. 아마 이 세상에서 나 아프고 힘들다는 속없는 투정을 진심으로 들어주고 걱정해줄 사람이 엄마뿐이라서겠지. 기쁘고 신나는 일은 가장 먼저 이야기하지 않으면서, 괜히 신경쓰이는 이야기만 늘어놨던 건 아니었을까.

열여섯 때 두개골 절단술이라는 쉽지 않은 수술을 받고 나와 침대에 누워 응급실로 이동하며 손가락 하나 까딱하지 못하는 상태에서 가장 먼저 입 밖으로 나온 말은 '엄마'였다. 그 이후로 안 좋은 일이 있을 때마다 무의식적으로 엄마를 찾는 버릇을 고쳐보려 했다. 정말 염치없다는 생각이 들어서. 그런데 그새를 참지 못하고 참 오랜만에 '엄마' 소리를 냈다.

아마 더 나이가 들어도 엄마를 찾는 버릇은 고치지 못할 것 같다. 엄마에게도 아프고 힘들 때면 나에게 이야기하는 버릇을 들이라고 일러줘야겠다.

새벽에 엄마에게서 카톡이 왔다.
— 아들, 자니?

엄마가 늦은 새벽까지 깨어 있을 리가 없는데, 무슨 일로 자고 있지 않느냐 물었더니 엄마가 그랬다. 모르는 번호로 전화가 와서 잠이 깼다고. 그래서 그냥 너한테 연락해봤다고. 피곤할 텐데 어서 자라고. 엄마라는 사람들은 눈만 뜨면 자식들을 생각하는 그런 존재다.

적어도
열두 번은
만나자

가게에 자주 오는 손님들이 있다. 내가 처음 발견한 단골 손님은 뿔테안경을 쓴 단발머리의 여성분이었는데, 항상 혼자서 까르보나라를 먹고 갔다. 계란노른자와 어린잎을 먹지 않아 따로 말하지 않아도 빼드리곤 했다. 더러는 먼저 나를 반가워해주는 손님들도 있었다.

사람이 괜찮아 오게 되더라는 말을 들으면 괜히 기분이 좋아졌다. 그러고 보면 시작이라는 것이 참 껄끄럽게 느껴지지만, 실은 별거 없다. 적어도 나에게만큼은 사소한 말 한마디가 커다란 뭉텅이가 되어 가슴을 일렁이게 한다.

나도 누군가에게는 단골이다. 평소 헤어스타일에 민감한지라 미용실을 고르기가 상당히 까다로운데, 내가 자주 가는 곳의 헤어디자이너는 실력도 실력이지만 결국 사람이 좋았다. 첫 만남에 염색을 끝내고 돌아서는데, 그가 그랬다.

"나 머리 잘 만져요. 다음에 또 와요."

그 말을 믿거나 따라야 할 의무가 없었으나, 그냥 정말 그래야겠다는 마음이 들어 찾아가기 시작한 것이 꽤나 오래되었다.

머리를 하는 주기를 봤을 때, 친구들과 만나는 횟수보다는 빈도가 적었겠으나, 그렇다고 아주 적은 편도 아니었다. 더군다나 이야기를 나누는 것 또한 오래 알고 지낸 사람처럼 어색함이 없었다. 머리카락을 자르러 가면 한 달간의 근황을 주고받았고, 자연스레 형이라고 부를 만큼 친해졌다. 취미가 비슷했던 것도 한몫했다. 둘 다 머리를 만지는 것에 관심이 많았고, 술 마시는 걸 좋아했다. 나중에는 주변 지인들에게 추천해줄 정도로 형에게는 신경을 퍽 쏟았다.

그러던 어느 날, 평소처럼 예약을 하고 미용실을 찾았다. 의자에 앉았는데, 형의 표정이 썩 좋질 않았다. 무슨 일 있느냐고 먼저 묻지 못하고 타이밍을 기다리고 있는데, 형이 먼저 말했다.

"나 오늘이 마지막날이야."

만약 내가 들르지 않았더라면, 따로 연락할 참이었다고 했다. 우연히 들른 날짜가 형의 마지막 근무일이었다. 차라리 문자로 이 소식을 접하는 게 나았으려나. 무슨 말을 해야 할까. 잠시 고민하다 그냥 평소처럼 일상적인 대화를 나눴다. 한 달 동안 무얼 했는지에 대한 이야기였다. 나는 저녁에 친구들과 맥주를 마신다고 했고, 형은 플레이스테이션을 샀다며 자랑했다.

마무리를 할 때가 되어서야 떠나는 이유에 대해 물었다. 형은 조금 더 넓은 곳에서 일하면서 다양한 경험을 쌓고 싶다고 했다. 거리가 멀어지면 볼 수 있는 기회가 줄어든다는 걸 알고는 있었지만, 충분히 존중할 만한 이유였기에 말없이 고개를 끄덕였다. 나는 형의 마지막 손님이었다. 다시 보자는 인사가 우리의 끝이었다.

헤어짐은 언제나 불친절하게 찾아온다. 곧 일어날 거라 예고하고 일어나는 법이 없고, 무언가 얹힌 듯 답답한 응어리가 가슴에 남으며, 잔인하게도 이별 이후 우리의 관계는 달라질 것이고, 관계는 기다려주지는 못할망정 혹하고 흘러가버린다.

그날 저녁 형에게 문자를 보냈다.

— 형 어디 가서든 잘할 거예요. 꼭 찾아갈게요.

답장이 왔다.

— 새로운 곳에 자리잡으면 잘해줄게. 다시 만나자.

만남이 쉽지 않아져버린 인연들이 떠오른다. 어색하거나 불편해진 게 아니라, 살아가다보니 사정이 생겨 몸과 마음이 멀어진 그런 인연들. 그리고 여전히 내 곁을 지켜주는 사람들. 생활 반경이 비슷해 자주 만나고 있지만, 만남이 언제 잦아들지 모르는 그런 사람들이 떠오른다. 우리는 얼마나 많이 만나왔고, 또 얼마나 많이 만날 수 있게 될까. 그래도 서로의 단골이 되어 적어도 열두 번은 더 만나자. 꼭 그러자, 우리.

수증기가 될지
얼음이 될지

　자유라고 지칭할 수 있는 것에는 어떤 게 있을까? 새를 가장 먼저 떠올렸다. 높은 하늘을 날며 어디로든 떠날 수 있는 그런 새. 한동안 새를 아주 오래 생각했다.

　지금은 물이 가장 먼저 떠오른다. 색이나 냄새가 없이 담기는 대로 모양을 바꿔대는 그런 물. 공기 속으로 사라지기도, 딱딱한 모양으로 머무르기도 하는 물은 어디에도 소속될 수 있는 만능이다.

　가게 정수기 옆에는 얼음 냉동고가 따로 마련되어 있다. 얼음이 모든 손님들에게 나가는 건 아니다. 음료를 주문한 손님들에게 따로 준비되는 특별한 용도다.

홀 서빙을 도와드리러 저녁시간에 가게에 나선 날이었다. 점심시간에는 술이나 음료 주문이 많지 않은데, 저녁시간에는 아무래도 음식에 곁들일 수 있는 술과 음료 주문이 많았다. 테이블 세팅이야 어려울 것까진 없었으나, 홀을 혼자 커버하다보니 손님들의 요구사항이 밀리면 속도가 느려지는 건 어쩔 수 없었다. 대부분의 손님들은 상황을 이해해주고 기다려주는 편이지만, 이따금씩 그렇지 못한 손님들도 있다.

그날은 유난히 손님이 밀려들었다. 이것저것 요구사항이 많았고, 빠릿빠릿하게 처리하려 했지만 역부족이었다. 양해를 구하고 정신없이 일을 하는데, 멀리서 아주 큰 목소리가 홀 전체를 울렸다.

"여기!"

중년의 여성 두 분이 앉아 있는 테이블이었다. 세팅할 건 다 해드린 상태였다. 혹여나 빠뜨린 게 있나 하고 가보니 그들의 요구사항은 다름 아닌 얼음이었다. 보아하니 소주잔에 담을 얼음이 필요한 모양이었다. 나는 알겠다고 대답한 뒤 얼음을 가져다주며 말했다.

"다른 손님들도 계시니 다음부턴 조금만 기다려주세요."

그뒤로도 몇 번이고 얼음을 가져다주라는 요구사항에 응했다. 그들은 계산을 하며 아르바이트생이 너무 깐깐한 거 아니냐는 한마디를 남기고 떠났다.

우리는 처음에는 물로 태어난다. 시간이 흐르면서 각자의 취향대로 재료를 골라 안에 담아가고, 적절한 온도에 도달하면 형태를 바꾼다. 이내 수증기가 되어 날아갈지, 얼음이 되어 굳어질지의 갈림길에 서게 된다. 쉽게 말해 그 갈림길을 지나온 사람들은 어른이 되거나 노인이 된다.

나는 나의 뒤를 밟아 따라올 이들에게 어른이 되고 싶었다. 자유롭게 날아올라 주변의 공기를 꽉 채워낼 수 있는 그런 어른. 하지만 이토록 얼음처럼 차갑고 딱딱한 사람들을 볼 때마다 혹여나 뒤따라오는 이들이 미끄러지진 않을지 걱정이다.

나는 종종 친구들에게 하고 싶은 말이 있으면 그 사람보다 어리다는 이유로 할말을 삼키진 말라고 조언해주었다. 그러나 정작 나 자신은 두 분에게 아르바이트생도 당신의 자식과 같은 사람이라는 말을 차마 하지 못했다. 마땅한 효과를 보지 못할 것 같기도 했고, 자식들 이야기를 술안주 삼던 그들에게 아무래도 공감을 요구하는 건 무리라는 생각이 들어서다.

　얼음들은 왜 그럴까. 얼음들도 뜨겁게 끓어올랐던 시절
이 있었을 텐데, 왜 물의 시절을 헤아려주지 못하는 걸까.

무슨 일
없다

인생에 딱 들어맞는 법칙 따위가 존재할 리 없지만, 나는 머피의 법칙만은 분명 있다고 믿는다.

아르바이트를 하다보면 내 마음이 타인의 마음에 의해 흔들리는 경우가 많다. 사회생활을 먼저 시작한 선배들 대부분이 몸이 힘든 것보다 사람이 힘들어 생기는 스트레스가 훨씬 상위에 있다고 했었는데, 겪어보니 정말 그랬다. 야, 저기, 어이, 아저씨 같은 호칭은 기본이고, 카드나 주문표를 툭 던지는 불친절한 행동까지도 심심찮게 일어난다. 어느 날은 자꾸 반말로 나를 부르고 과한 요구를 하는 손님이 있어 기분이 썩 좋지 않았다. 그래도 무조건 최상의 서비스를 제공해야 하는 인간은 그저 웃는 것이 최선이다.

뭐, 이 정도야 괜찮았다. 남의 주머니에서 돈을 꺼내오는 건 당연히 어렵다는 마인드로, 뒤돌아 잊어버리면 그만이었다. 하지만 더 큰 일은 그다음에 벌어졌다. 마음이 어수선했던 탓인지 주방에 돌아와 설거지를 하다가 그만 접시를 떨어뜨려 깨 먹은 것이다. 우리 가게의 접시님으로 말할 것 같으면 내가 하루를 꼬박 일해도 살 수 없는, 내 몸값보다 비싼 분이다.

사장님은 앞으로 조심하라는 말 외에 별달리 꾸짖지 않았지만 마음이 좋지 않았다. 아무래도 아무 일 없었던 척할 수는 없었다. 겨우 그 정도 일로 접시를 깨 먹다니. 내 마음이 타인의 마음에 졌다.

바람이 부는 날이면 마음이 뒤숭숭해진다. 날이 좋은 날, 그에 어울리지 않게 바람이 거세게 불어댔다. 바람 때문에 오래간만에 선선해진 하루를 포기하는 것이 억울해 밖으로 나갈 채비를 했다. 아르바이트로 바빠 미뤘던 청바지 수선, 간단하게 점심 해결, 돌아오는 길에 커피 한 잔, 바깥을 만끽하기에 충분한 계획이었다. 집에서 나와 현관 유리문 앞에 섰다. 바람은 나무의 머리채를 잡고 기어코 뽑아버리겠다는 듯 세차게 불어댔다.

덜컥 겁이 났다. 모처럼 쉬는 날, 내가 머리에 이고 있던 스트레스와 기분들을 겨우 정리하고 나왔는데 이마저 어질러지면 어떻게 해야 하나 싶었다. 그렇다고 밖으로 나가지 않을 수는 없었다. 불어오는 바람을 애써 손으로 막고 길을 걸었다. 동화와 달리 해는 바람을 이기지 못했다. 천천히 걸으며 동네 구경이나 하려던 바람은 사치였다. 줄곧 땅만 보고 빠르게 걸었다. 그나마 커피를 사서 집으로 돌아오는 길에 아주 잠시 바람이 잦아들었다. 그제야 아, 날이 풀리긴 했구나 하고 헝클어진 머리를 대충 손질했다.

집에 들어와 화장실로 들어가 거울을 봤다. 지금 내 모습이 얼마나 엉망일지 궁금했고, 얼른 마음에 들게 고치고 싶었다. 그러나 나는 멀쩡했다. 아니, 오히려 훨씬 후련해 보였다. 그깟 바람은, 좋은 날의 온도를 바꾸지도 나를 흔들어놓기에도 부족했다. 그래도 내가 흔들렸던 건 누군가 불어넣는 바람 때문이 아니라, 나 자신의 바람 그 자체였던 건 아니었을까.

내 마음은 내 거고, 타인의 마음은 타인의 거다. 이 간단한 명제 속에 남의 것에 영향받은 우리의 '무슨 일'이 담겨 있다. 무슨 일 있냐고? 아니, 무슨 일 없다.

자식의
유통기한

（ ）

사람의 신체는 의외로 감성적인 면이 있다. 따지자면 이성파라기보다는 기분파에 속한다. 나는 숫자를 신뢰하기도 하고, 의심하기도 한다. 대체적으로 시간에 관한 것들을 불신하고, 음식에 관한 것들을 맹신한다. 그동안 음식을 직접 만드는 아르바이트를 해본 적이 없었기에 유통기한을 곧이곧대로 믿고 있었다. 포장지에 적힌 날이 다가오면 무슨 큰일이라도 벌어진 것처럼 급해져서는 먹어치웠고, 날이 지나가는 자정이면 무조건 내다버렸다.

치킨집 아르바이트를 시작하고서 소비기한이라는 개념에 대해 알게 됐다. 대부분의 음식은 유통기한을 지나서도 보관을 잘했다면 먹어도 아무런 문제가 없다. 그래서 소비기한은 유통기한보다 훨씬 길다. 그러나 그렇다고 달라지는 건 아무것도 없었다. 나는 바보같게도 여전히 유통기한을 꼬박 지켜가며 음식을 먹는다. 어느 일이건 사람은 손해보는 장사를 꺼린다. 유통기한을 지켜 음식을 먹는 건 밑져야 본전이지만, 유통기한이 지난 음식을 먹는 건 혹시 모를 찝찝함과 손해를 감수해야만 하는 일이다. 기분이 이성을 이기는 건 보기보다 굉장히 쉬운 일이다.

나는 언제나처럼 자식이라는 이름의 유통기한도 철저하게 지켜왔다. 태어나고서부터 부모님의 도움을 받아 생활한 취준생 시절까지, 딱 그 정도가 자식의 유통기한이라고 생각했다. 그들의 손길을 떠나 이 한 몸뚱이를 스스로 책임질 수 있는 시기가 오면 나는 선배, 후배, 동료, 부하, 직원과 같은 수많은 다른 역할로 넘어가 그 이름들의 유통기한까지 최선을 다해야 했다. 자연스럽게 자식의 유통기한을 지나쳐 오늘을 살고 있다. 자식의 소비기한이 더 있다는 사실을 분명히 인지하고 있었음에도 불구하고 무책임하게 떠나온 것이다.

그러나 어째서 부모라는 사람들은 그러지 못할까. 부모라는 이름의 역할도 끝났겠다 속시원하게 그래, 나도 할

만큼 했으니 이 지긋지긋한 녀석을 털어내버리자 하면 그만일 텐데. 그들은 언제나처럼 부모라는 이름의 유통기한이 지났음에도 소비기한이 있으니 자신들을 더 써먹으라 아낌없이 내어준다. 선배, 후배, 동료, 부하, 직원이라는 역할을 우리들처럼 소화해내야 하면서, 부모라는 역할은 버리지 못하는 사람들. 자식새끼의 유통기한은 왜 그리도 짧고, 또 쓸모없는지. 밥을 먹고 길을 걷는 와중에도 틈틈이 자책이 밀려오는데, 마땅히 할 수 있는 것이 없다. 아직은 다른 이름의 역할들을 수행해내는 게 너무나도 벅차서 도저히 자식의 소비기한만큼 써먹으라는 기약 없는 말 따위를 할 자신이 없다.

하루는 엄마에게서 전화 한 통이 걸려왔다. 대뜸 카드를 보냈으니 적어도 한 달에 이십만 원 정도는 쓰란다. 네가 그 정돈 써야지 정수기 할인을 받을 수 있다는 덧붙임에 달려 오는 엄마의 마음이 무언지 대충 알 것 같아 차마 거절은 못하고 알겠다고 대답했다. 그날 저녁으로 뭘 먹을까 고민하다 3,700원짜리 도시락을 카드로 계산했다. 삼천 원 남짓한 돈을 쓰면서 삼십만 원을 쓰는 것처럼 불편하기 짝이 없었다.

자정 즈음, 휴대폰이 울어댔다. 엄마였다.

— 아들. 싼 거, 맛없는 거 먹지 말고 꼭 맛난 거 사 먹어. 알았지?

문자로 카드 사용내역이 간 모양이었다. 짠하셨겠지. 기왕에 먹는 거 음식점에서 사 먹을 걸 괜히 궁상맞게 굴었다. 돈은 돈대로, 마음은 마음대로 빚이 늘었다. 알(알았어). 하루가 지나고 미처 완성하지 못한 글자 하나 달랑 보냈다. 다음날 나는 양심 없게도 만 원짜리 치즈돈가스를 먹고 전화를 걸어 수제돈가스집에서 점심을 해결했다며 카드 사용내역을 세상에서 가장 착한 사채업자에게 보고했다.

난 내가 알아서 컸다라고 말하면 네 말이 맞다며 엄지손가락을 세워 보이는 엄마는 아직도 아들이 최고란다. 내가 얼마나 부끄러운 자식 놈인지를 되뇐다.

나는 아직 이리도 어리다. 그래서 부모님을 떠올릴 때마다 참으로 아리다.

서슴없이 남발하는 마음

이상한 죄책감에 시달릴 때가 있다. 내가 저지른 잘못이 랄 것이 전혀 없으니 죄책감이라고 말하면 잘못된 것이지만, 엄밀히 말하면 마치 내가 잘못을 저지른 것 같은 상황이니 죄책감이 맞겠다.

지인들에게 치킨집 아르바이트를 하게 됐다고 말했다. 대부분은 서비스가 있냐고 물어온다. 미안하지만, 나는 서비스라는 제도를 지양하는 사람이므로 그딴 건 없다고 못 박았다.

서비스란 것이 참 묘하다. 초반 몇 번이야 서로 기분좋은 나눔이겠다. 하지만 나중에는 누군가에게 부담이 되고, 누군가에게는 서운함이 되는 게 서비스다.

나도 처음부터 서비스에 대해 부정적인 건 아니었다. 자주 와서 음식을 먹는 단골들에게는 기꺼운 마음으로 서비스를 주곤 했다. 뭐, 한두 번쯤이야 괜찮았다. 그들은 당연한 대가를 지불한 것이니 서비스를 받아서 기분이 좋을 테고, 나 역시 그들에게 나의 마음을 표했다는 것에 만족했을 테니까. 그런데 두 번이 되고, 세 번이 넘어가면 좋은 의도가 점차 의미를 잃고 균형감도 사라진다.

사람들은 언제나처럼 제공되던 서비스가 사라지면 이제 주지 않는 건가 싶어 괜히 실망할 테고, 나 역시 그들에게 표해야 하는 마음의 크기와 빈도가 부담스러워지기 시작한다.

그 오묘한 기류로 인해 틀어지는 마음들을 적지 않게 목격해왔다. 그래서 서비스로 감사한 마음을 표하지 않고, 말로 감사한 마음을 표했다. '고맙다'는 말은 어쩐지 쑥스럽거나 멋쩍어서 쉽게 사람들의 입 밖으로 나오지 못하는 비운의 말이다. 그러나 나는 이 말을 서슴없이 남발하자 다짐했다. 그래서 고맙고 또 감사하다는 말을 버릇처럼 쓰며 돌아다녔다. 단어 하나에도 충분히 먹먹해질 수 있는, 실은 아주 연약한 근육덩어리를 품고 살아가는 것이 인간이므로.

관계에 초연할 수 있는 방법이 무어냐고 누군가 물어왔다. 글쎄, 방법이라는 것이 관계에 적용할 수 있는 것이긴 한가 모르겠다. 나는 복잡한 사람이 아니다. 나는 좋아하거나 친해지고픈 사람이 있으면 뭐든 다 해주려는 스타일이다. 먼저 전화하고, 뭐하는지 묻고, 술 한잔하고, 잘 자라 말해준다. 혹자는 호구 같은 스타일이라고 하던데. 그러니까 을, 지긋지긋한 을인 셈이다. 시간이 지나고서는 이런 일이 당연시됐다. 그래서 상대에게서 먼저 전화가 온 적이 없었고, 뭐하는지 나만 궁금해했고, 혼자 술을 삼켜댔고, 기다림에 지쳤다. 빠져나가는 마음은 많은데, 빠져나가고 남은 빈 틈새를 메꿔줄, 돌아오는 마음이 없다.

"너 요새 왜 그래? 변했네."

정말 내가 변한 걸까, 아니면 네가 변한 걸까.

아니, 나는 그만두기로 했다. 을이 되기를 자처하는 바보 같은 행동을. 더이상 먼저 전화하지 않고, 뭐하는지 궁금해하지 않고, 속 편히 잠이 든다. 그렇게 내 마음을 지켜낸다. 아까운 것도 없다. 우리의 관계가 그 정도였더라면, 그 정도로 떼어낼 수 있으니 얼마나 다행이냐고 안도의 한숨을 내쉬련다. 서로를 아꼈던 마음마저 부정하고 싶진 않으니까.

그러고보니 내가 변한 게 맞는가보다. 그러니 이제 아프고 아쉬운 건 그만하자. 나를 아프게 했고 아쉽게 했던 당신에게 아픔과 아쉬움을 넘겨주며. 내 마음이 더이상 아쉽지 않도록.

당신은 안녕한가요

소속이 아닌, 나만의 이름을 가지고 싶었다.

취준생, 서른 즈음. 이러한 범주 속에 들어가 비슷한 사람들과 묶인 집합의 이름으로 불리는 게 익숙해졌다.

한 살씩 나이를 먹어갈수록 잃어버리는 것이 퍽 많은데, 그중 가장 큰 것은 물음표다.

어느새 나라는 인간이 할 수 있는 선택의 폭이 줄고 또 줄어 모두 마침표로 끝을 맺고 있다. 해도 될까 망설이던 일은 해서는 안 되는 일이 됐고, 해야만 하는 건가 주저하게 되던 일은 꼭 해야 할 일이 됐다. 그런데 아직 물음표로 가득한 인생을 살고 싶으면 어떡해야 하는 걸까?

철없는 생각이라 하더라도 어쩔 수 없다. 어른이 되어서도 (스스로를 어른이라 여기지도 않지만) 예전과 똑같이 즐겁고, 슬프고, 화나고, 아프다. 티를 내면 어른스럽지 못하다 손가락질받을까 두려워 가까스로 참아낼 뿐이다. 그렇게 잘 버티다보면 시간에 속아 무뎌질까 싶어서.

하필 여름이다. 계절조차 일 년의 정중앙에 서 있다. 물론 여름이야 계절 중 유일하기도 하거니와 한 바퀴 돌아 다시 자기 자신으로 살아갈 수 있으니 나 같은 인간보다야 훨씬 나았다.

나는 고작 나의 하루에 허락된 범위의 경계에 맞춰 돌아다니며 해야 할 일에 마침표를 찍고 다닌다. 그리고 어쩌다 마주친, 그러니까 나와 같은 경계를 지나고 있는 친구들과 안녕이라는 인사를 주고받는다. 매일 정해진 시간에 정해진 장소를 지나다보니 자주 마주치는 사람들에게 습관처럼 튀어나오는 말이다. 물론 다들 안녕해 보이지 않다. 각자의 피로감으로 몹시 지쳐 보이지만 나까지 괜한 걱정을 보태는 것 같아 안녕할 거라는 자의적인 판단을 내린다. 처음에는 안녕이라는 말끝에 붙는 마침표가 순 거짓인 것만 같아 불편했는데, 이제는 아무 느낌 없는 걸 보니 나도 뻔뻔해졌나보다.

　하루쯤은 나의 안녕을 위해 시간을 낸다. 팔자에는 없어 보였던 여유를 즐기러 오래간만에 혼자 카페에 갔다. 카페는 나에게 가장 많은 물음표를 던져주는 곳 중 하나다. 카페에 혼자 앉아 있다보면 꼭 나 자신과 대화하는 것처럼 느껴져 기분이 좋아질 때가 있다.

　한 손에는 커피를, 한 손에는 책을 들고 딱히 할일 없는 시간을 천천히 음미했다. 한참 책에 집중하려던 찰나 누군가 다가와 물었다.

　"안녕?"

　깜짝 놀라 그의 얼굴을 몇 초간 멍하니 바라보다 나도 물음표를 던졌다.

　"안녕?"

　정말 오랜만에 만난 친구였다. 서로 스케줄이 맞지 않아 떨어져 있는 시간이 길어져서인지 서너 뼘의 거리를 채운 공기가 가볍지만은 않았다. 하지만 한편으로는 마냥 반가웠다. 그가 무심코 건넨 안녕이라는 인사조차 오랜만에 만난 친구인 듯 귀를 파고들었다.

소란스럽던 하루 사이를 비집고 들어오는 안녕이라는 그 한마디가 갑작스레 사람의 마음을 무너뜨렸다. 나도 모르게 "안녕하지 못해"라는 말이 튀어나왔다. 그러고는 내가 지금 무슨 말을 한 건가, 부끄러움이 밀려와 실없이 웃으며 장난이라고 둘러대며 넘어갔다.

우리는 아주 간단한 근황을 주고받은 뒤 우린 각자의 삶으로 헤어졌다. 딱 거기까지였다. 내가 안녕하지 못하다는 고백을 했을 때 그의 표정이 어땠던가.

무슨 좋은 일 있느냐고 묻는 건 그렇게나 쉬웠으면서, 무슨 안 좋은 일 있느냐고 묻는 건 왜 그리 어려운 걸까. 안녕하냐는 물음은 들으려 하면서, 정작 안녕하냐는 질문은 던지고 있지 않았다.

만약 내 곁의 사람들과 건네는 인사가 어떠한 의미 없이 허공으로 흩어진다면, 만약 당신이 안녕할 거라는 제멋대로 내린 판단으로 마침표를 찍은 거라면 나는 다신 안녕이라는 말을 입 밖으로 꺼내지 못할 것 같았다. 하루의 분주함 속에 마주한 안녕이란 인사는 꽤나 커다랗게 다가왔다.

실은 안녕하지 못한 하루들이 있었음을 털어놓고 어린아이처럼 당신이 알아주었으면 좋겠다고 떼쓰고팠다.

아무리 나이를 먹어도 안녕하지 못한 일들이 줄어들지를 않는다. 그런데 안녕하지 못한 일이 있었느냐고 묻는 사람들은 점점 줄어든다. 이토록 건조해진 세상을 향해 가끔 욕을 하고, 억지를 부리고, 주저앉아 훌쩍이는 나라는 인간은 애써 강한 척, 괜찮은 척, 덤덤한 척해보지만, 다시 그 한 마디에 온통 무너진다.

당신은 안녕한가요?

자의적 고독

어제와 같은 오늘이었다. 어제는 아무렇지 않았는데 이상하게 오늘은 어깨가 축 처졌다. 휴대폰 속의 친구 목록을 뒤져보다 있는 그대로의 감정을 여과 없이 뱉어내는 건 분명 후회로 남을 것 같아 관뒀다. 술 마셨냐? 이런 말이라도 들었다간 괜히 더 속상하기만 할 테니.

확 울어버리면 시원할까, 울음조차 나오지 않아 답답했다. 휴대폰을 저멀리 밀어버렸다. 잠시 눈이라도 붙이자 싶어 불을 끄고 침대에 누웠다. 눈을 감고 이리저리 뒤척여도 별 효과는 없었다. 똑같은 내일이라도 오늘보다는 나을 거라 다독이는 게 최선이었다. 이렇듯 처연함이 불쑥 고개를 내미는 밤이면 텅 빈 방 안에 멍하니 앉아 알다가도 모를 감정에 휩싸인다.

감정이란 순간을 타고 피어나는 꽃과 같다. 화려한 색으로 활짝 기지개를 켜기도 하고, 금세 시들어 잔뜩 웅크리기도 한다. 내가 가진 건 시퍼렇게 멍든 푸른색으로 피어난 꽃이었다. 나는 그를 '고독'이라 불렀다. 어두운 밤과 함께 한기가 찾아올 때면 무기력하게 스러졌다. 고독이란 타의적인 현상이라 믿고 누군가의 부재를 지우려 애썼다.

그렇다고 고독을 지우기 위해 선뜻 말을 걸어보자 싶은 사람도 드물었다. 그래서 자꾸만 사람이 아닌 일로 하루를 가득 채워나갔다. 마음이 무감각해지도록 몸과 머리를 쉴 새없이 굴렸다. 아르바이트가 없는 날엔 버스만 왕복 여덟 시간을 타야 하는 광주를 당일치기로 다녀오기도 했고, 하루종일 카페에 앉아 친구와 밀린 수다를 한꺼번에 처리하기도 했다.

나의 일주일에는 여백이 없었다. 그런데 아무리 일정을 꽉 차게 잡아도 어두운 밤, 방 안에 홀로 남는 시간만은 여유롭게 남았다. 고독이 사라지질 않았다. 왜일까? 타의적이라 여겼던 고독을 지워내기 위해 별짓 다했는데, 아무 소용이 없었다. 어쩌면 이 고독은 내가 스스로 불러낸 건 아니었을까. 그래서 눈 딱 감고 한 번 받아들여보았다.

고독은 다분히 자의적이었다. 겪어보니 혼자 있음이 매번 외롭기만 한 건 아니더라. 함께 있어야 가능한 일이 있듯, 혼자여야 가능한 일이 있었다. 사색에 잠기는 것, 여유를 만끽하는 것, 일상의 풍경을 감상하는 것. 특히 나같이 쓸데없는 잡념과 걱정이 가득한 사람은 차분하게 생각을 정리할 시간이 필요했다.

미니멀리즘은 물건보다도 생각에 어울리는 말이 아닐까. 머리도 결국 하나의 상자에 불과하다. 생각이 쌓이고 쌓이다보면 미처 다 담기지 못하고 흘러넘친다. 때마다 생각을 비워주는 시간을 가져야 한다.

한 번은 열 명이 모인 술자리에서 불현듯 떠오른 글감이 있어 입을 꾹 다물고 있다 무슨 일 있냐는 걱정어린 말을 하루종일 들어야 했다. 의도치 않게 내가 분위기를 망친 것 같아 미안해졌다. 그래서 가끔 혼자 있고 싶다는 말로 친구와의 만남을 미루곤 한다.

함께일 때는 서로에게 집중해야만 하기에, 상대에게 집중하지 못할 것 같다면 만남을 미루는 게 낫다.

하루를 뒤돌아봤다. 아침에 일어나 아르바이트를 하러 집을 나선다. 그리고 늦은 밤이 돼서야 집으로 돌아온다.

언제 맞이할지 모르는 온전한 나 혼자만의 시간은 우선순위에서 밀려난다. 나는 깊은 고독의 시간에 발을 들였다 다시 빠져나올 틈도 없이 다른 사람들과 공유하는 시간으로 나가야만 했다.

균형을 유지한다는 건 참 어렵다. 사람은 서로 기대어 의지하는 존재이다. 나라는 사람을 반겨주었으면 하는 마음이나 오랜 시간이 걸리는 일을 함께해줄 사람이 필요한 마음이 드는 날에는 타인에게 의지하고 싶어진다. 삶에는 꼭 누군가가 필요한 순간이 찾아오기 마련이니까. 그럴 때면 당연히 고독에서 빠져나오고 싶어진다. 하지만 마찬가지로 다시 또, 혼자가 되고 싶은 순간도 반드시 찾아온다. 그렇게 여러 감정이 떠밀려와 혼자 조용히 생각을 정리하고 싶을 때는 집으로 돌아가 쉬는 시간을 가지려 한다. 고독을 흔쾌히 받아들이는 순간이다.

고독은 스스로 걸어들어갈 수도 있고 스스로 빠져나올 수도 있는 자유로운 감정이다. 내가 괴로워했던 이전의 고독은 하나의 핑계였다. 고독에서 벗어나려 몸부림쳤던 것이 오히려 진정한 고독을 깨닫는 계기가 되었다. 나는 외로울 용기가 필요했다.

어느 날 아침 일찍 일어나 혼자 영화를 봤고, 작정을 하고는 카페에 앉아 혼자 커피를 마셨고, 소문난 맛집에 찾아가 혼자 밥을 먹었다. 함께일 때와 또다른 느낌이었다. 친구들과 즐겁게 대화하는 만큼, 내 속의 나와도 오래 대화했다.

여유는 어렵게 마련해야만 온다. 하루의 대부분이 잠과 사회생활로 이뤄져 있으니까. 그래서 어둑한 밤에 즐기는 단 몇 시간의 스산한 고독이 소중해졌다. 그래서 혼자라는 것에 대한 시선과 부끄러움이 사라지도록 즐겨보기로 했다. 그리고 이러한 즐거움을 안다는 자부심으로 흠뻑 젖어드는 것도 괜찮겠다.

나는
나랑 먼저
친했다

세상은 우리에게 묻는다. 당신의 인생에 정답은 무엇인가. 사지선다 중 하나만 고르시오. 나는 스무 살이 넘어서까지 그들이 던져준 객관식 문제를 기계적으로 풀어내다, 최근에야 인생은 난해하기 짝이 없는 주관식 문제임을 깨달았다. 그나마도 답을 쉽게 적어낼 수 있으면 다행인데, 정말 답도 없는 문제들이 수두룩해 죽을 맛이다.

그중에서도 관계는 대체 어떻게 풀어나가야 현명한 건지에 대한 고민이 가득하다. 관계는 꼭 젠가와 닮아 있다. 한 층씩 빈틈없이 신중하게 쌓아올리다, 몇 개의 조각을 빼내야 하는 순간이 온다. 실제와 게임의 다른 점이 있다면, 내가 원하는 안전한 조각을 선택할 수 있는 게 아니라 몸통 전체를 흔드는 중요한 조각을 제거해야 할 때가 있다는 것이다. 그리고 그 조각은 다른 조각을 건드려 연쇄적으로 빠져나간다. 설명서가 없는 이 잔인하고 불친절한 게임은 계속 우리를 괴롭힌다.

나는 줄곧 관계라는 건 각자의 정의대로 만들어나가는 거라 주장해왔지만, 그런 확신을 가지고 있던 내가 요새 스스로의 관계에 대한 생각이 부쩍 늘어가는 걸 보니 다른 누군가의 정의에 의해 휘둘리고 있는 게 틀림없었다. 천천히 곱씹어보면 이상하진 않다. 지금이야 꽤나 많은 사람과 두루 알고 지내지만, 예전에는 그렇지 않았다.

중학교 때까지만 해도 전형적인 아웃사이더로 살았다. 어느 한 동창 녀석은 나에게서 어둠의 아우라가 뿜어져나온다고 말할 정도였다. 말수가 적고, 잘 웃질 않았다. 또래들과 어울려 놀고픈 마음을 느끼지 못했다. 그저 집과 학교가 전부였던 남자아이는 자기 자신과 가장 친했을 뿐이다.

남들은 걱정스러워하는, 혼자라는 외로움이 나에게는 당연한 감정이었다. 울적해하기는커녕 혼자인 시간을 즐겼으니 굳이 내키지 않는 소모적인 활동에 나를 할애하지 않아도 괜찮았다.

그런데 고등학교에 진학하고 나서는 상황이 달라졌다. 아리스토텔레스가 그랬다더라, 인간은 사회적 동물이라고. 어쩌다보니 관계의 맛을 알아버렸다. 하지만 얻는 게 있으면 잃는 것도 있는 법, 나는 어느샌가 가장 먼저 친했던 나를 제쳐두고 남의 눈치를 보기 시작했다. 별로 나가기 싫을 때에도 친구들이 부르면 집을 나섰고, 하기 싫은 일인데도 거절이 어려워 부탁을 들어줬으며, 내 시간을 줄여가면서까지 다른 사람에게 나를 주었다. 누군가의 기쁨에 속없이 기뻐했고, 누군가의 슬픔에 괜히 더 우울해했으면서 정작 나의 기쁨은 가볍게 여겼고, 나의 슬픔은 속으로 삼켜냈다. 어릴 땐 그런 행동이 나를 괜찮은 사람으로 만들어주는 줄 알았다.

이제는 내가 괜찮지 않게 됐다. 스무 살이 넘어서야 뒤늦게 혼자인 생활을 다시금 즐겨보려 했으나, 시대는 그를 거부하고 있었다. 언젠가부터 혼밥, 혼영, 혼코노와 같은 신조어가 생기면서 혼자인 사람들이 하는 행동들은 마치 특이한 현상인 것처럼 여겨졌고, 사람들의 눈초리와 비웃음을 듣기 십상인 초라함의 초상이 되었다. 물론 지금이야 미디어를 타고 인식이 개선됐다고는 하나, 이미 굳어진 초

라한 이미지는 그리 쉽게 변하지 않았다.

더군다나 고향을 떠나 서울로 대학을 다니며 타향살이를 하다보니 도저히 혼자서는 감당하기 어려운 일이 우후죽순으로 생겨났다. 온몸에 열이 펄펄 끓어 한계에 도달했을 때 부를 사람이 마땅히 떠오르지 않아 차디찬 하룻밤을 보냈고, 아무 이유 없이 음울해지는 밤엔 용건 없는 연락을 시도할 만한 사람이 마땅히 떠오르지 않았고, 분위기 좋은 카페에 앉아 커피 한잔을 손에 쥐고 별거 아닌 이야기로 몇 시간을 떠들어댈 사람도 마땅히 떠오르지 않았다.

남을 위해 기꺼이 괜찮은 사람이 되려고 했으면서, 정작 내가 괜찮아지고 싶을 땐 어떡해야 할지 몰랐다.

나는 세상에서 시간을 가장 불신한다. 그것만큼 정직하게 흘러가는 게 어딨냐고 물을 수 있다. 그래서 더 믿음직하지 못하다. 정직하기에 핑계라는 이름으로 마음껏 휘두르기가 용이하기 때문이다. 되돌아보면 나는 항상 내가 먼저 상대방의 안부를 궁금해했다. 그냥 보고 싶었고, 그래서 어디냐고 물었고, 어렵게 만나자고 말했다. 그리고 시간이 없어서라는 말을 듣고는 이해한다고 끄덕이면서도 서운했다. 그런 균열이 하나둘씩 쌓여 결국 그 사람을 포기하게 되더라. 후회는 없었다. 나는 시간이 나서가 아니라, 시간을 내주길 바랐다. 이기적인 걸까. 토닥임을 건넬고작 몇 분이 그렇게도 긴 시간이었다면, 내가 누군가에게그깟 몇 분조차 아깝게 생각되는 사람이었다면 씁쓸하지만 놓아버리는 게 옳은 일이다.

시간은 허수다. 눈에 보이지도, 손에 잡히지도 않는 것에뭐가 그리 급해 쫓기는 걸까? 언제고 계획대로 살아지고, 생각대로 흘러가는 하루가 있던가. 틀에서 벗어난 우연은운명이 되고, 운명은 인연이 된다.

무기력해지지 않으려 오늘 하루는 잘 좀 해보자 다짐해보지만 실패하고 만다. 그래도 어쩌겠나. 보잘것없는 실망스러운 하루들이 모여 나라는 인간을 이룬다.

다시 오늘, 매일 걷던 길을 거닐며 어느새 곁에 나타난그림자를 지긋이 바라본다. 저녁이 되어 길게 늘어뜨려진모습을 보고 있자니 나는 아무렇지 않다는 거짓말을 얼마나 많이 했는지. 피노키오의 심정이 이해가 간다.

하고 싶은 관계보다, 하지 말아야 할 관계에 대해 되새긴다. 나를 양보하지 말자. 나는 나랑 먼저 친했다.

길을 찾아 헤매는 초행자처럼

"뭐긴 뭐야, 개 같은 거지. 인간관계가 아니라 인간관개야."
인간관계의 정의에 대한 지극히 개인적인 대답이다.

나에게 좋은 인간관계는 현재 유지하고 있는 관계들의
익숙함이 주는 편안함으로 국한된다. 불편함을 느끼면서
까지 인간관계를 넓혀나갈 이유는 없다.

관계를 맺는 것조차 호기심의 대상인 어린 시절에는 순
수한 의미로 정말 인간관계가 자체가 좋았는지 모르겠다. 과
하게 커버린 지금은 주변 사람이나 잘 챙기면 그만이지, 굳
이 새로운 사람을 만나는 수고를 자청하기에는 귀찮음이 더
크다. 인간에게는 세월이라는 때가 낀다.

사람을 평가하는 데 자와 계산기를 들이대고 재보는 것
도 모자라, 첫인상이라는 거짓까지 눈에 씌는 날에는 끝
이라고 보면 된다. 어느새 무언가를 주면 반드시 돌려받
길 원하고, 혹여나 나중에 부탁할 일이 생길 때 연락할 목
적으로 번호를 묻고, 휴대폰 속 메신저의 프로필 사진으로
어떻게 지내는지 예상해보는 게 전부인 사람이 수두룩하
다. 이게 어른의 관계다.

나는 보통의 어른의 관계를 거슬러보겠다고 기를 썼다.
얼마나 많은 사람들이 스쳐지나갔고, 또 얼마나 많은 사람
들이 남아 있는지 가늠이 안 된다. 남아 있는 사람들 중에
서도 나와 같은 마음으로 나를 진실된 관계라 여겨주는 사
람이 있을지 알 수 없는 노릇이다. 그래도 아직까지 기쁘
고, 화나고, 슬프고, 억울한 일이 있을 때 술 한잔 같이해주
면 안 되겠냐는 연락이 오는 걸 보면 나는 썩 나쁘지 않은
인간관계를 가진 사람인 것 같다.

나라고 사람을 사귀는 일이 마냥 즐거운 건 아니다. 새
로운 인간관계를 가져야 하는 순간은 상상했던 것보다 더
성가시다. 나조차 나라는 인간이 대체 왜 이러는지 이해가
되질 않는데, 오래 본 사람도 아니고 처음 본 사람한테 이

별종의 말과 행동에 대해 설명하려니 막막하다. 신나게 열을 내가며 이해시켜보려 해도 다 헛수고다. 직접 겪어보지 않으면 알 수 없을뿐더러, 내가 왜 이렇게까지 해야 하나 싶어 그만둔다. 더군다나 바로 곁에 눈만 마주쳐도 '난 네가 이런 인간이라는 사실을 이미 알고 있다'라는 표정으로 장단을 맞춰주는 녀석들을 놔두고 사서 고생을 할 이유가 없다.

새로운 사람을 만나는 재미라곤 내가 몰랐던 나를 알 수 있다는 것이 전부다. 그러나 그 하나의 재미가 너무 큰 의미로 다가와 다른 단점들을 몽땅 잡아먹어서 이 짓을 끊을 수가 없다.

어른이 되어 사귄 몇몇 친구들 중에는 '너는 이런 사람이잖아'라고 멋대로 정의를 내리는 사람이 더러 있다. 정작 나는 그가 누군지 모르겠는데, 상대방은 그 사람이 나라고 말한다. 하지만 그건 나의 일부일 뿐이다. 언제나 그렇진 않다. 그러니까 정확히 말하자면 나는 그런 뻔한 인간이 아니다. 어떤 날은 쓰디쓴 아메리카노가 당기다가도 어떤 날은 다디단 초코라테가 당기고, 니트를 좋아하면서도 맨투맨을 즐겨 입고, 어제는 친구의 말이나 행동에 '어떻게 그럴 수 있지' 이해를 못하다가도 오늘은 '사람마다 가치관이 달라 그렇겠거니' 담담하게 넘어간다. 나도 나를 찾아 오랜 시간을 방황하고 있는데, 고작 몇 년의 표본으로 남이 나를 무어라 못박을 수는 없겠다.

그저 목적지에 도착하기 위해 길을 묻고 또 물어 천천히 단계를 밟아가는 초행자처럼, 나는 어떤 인간인지 여러 사람에게 물어 나를 완성시킨다. 나도 내가 처음이라서.

틀린 감정은
없다

삐졌어?

이 한마디에 억눌러왔던 죄책감이 더이상 못 참겠는지 아직도 네 책임라고 생각하냐며 뒤통수를 때렸다.

예정에 없던 약속이 생긴 날이었다. 저녁을 먹고 집에 들어가자마자 휴대폰이 울어댔다. 밤 열한시쯤 맥주 한잔하자는 친구들의 전화였다. 저녁 여섯시의 연락이었으니 약속시간까지 다섯 시간이나 남은 상태였다. 편한 상태로 쉬고 싶었지만, 다시 나갈 준비를 해야 한다는 생각에 그냥 외출했던 복장 그대로 약속시간을 기다렸다.

책도 읽고, 글도 쓰며 시간을 떠밀다 모든 일을 방치해 버리고 침대에 드러누웠다. 하는 것 없이 뒹굴거리다 겨우 열한시가 되어 휴대폰을 들었다.

배경화면에는 약속시간만 둥둥 떠 있었다. 친구가 나오는 데 시간이 조금 더 걸리겠거니, 십오 분을 더 기다렸지만 여전히 묵묵부답이었다. 결국 메시지를 보냈다.

— 얼마나 더 걸려?

그제야 열한시 반엔 꼭 출발하겠다는 대답이 돌아왔다.

계속 뒹굴거리고 있기는 싫어 혼자 집을 나서 약속 장소인 술집으로 천천히 걸었다. 마침 걷기를 좋아하나 몸에 열이 많아 산책의 조건이 까다로운 내가 한결 차가워진 밤 공기를 음미하기 딱 좋은 날씨였다.

밤의 풍경을 거닐며 시원한 바람을 맞으며, 사람을 구경했다. 절반 정도 갔을까, 친구들에게서 전화가 왔다.

"먼저 갔어? 기다리지 그랬어. 금방 갈게."

아무래도 괜찮았다. 함께 걸었더라면 이런저런 이야기를 나누느라 술집까지 금방 갔겠지만, 그런 이야기는 술집에서도 얼마든지 할 수 있기에 당장은 혼자인 게 좋았다.

약속한 가게에 도착해 자리를 잡아뒀다. 얼마 안 가 친구들이 들어섰다. 내 눈치를 쓱 보더니 그러더라.

"삐졌어?"

약속 시간이 지나서도 아무 말 없이 개인적인 일을 하다 내가 연락하고 나서야 시간이 걸린다고 말한 친구의 행동은 당황스러웠다. 그렇다고 화를 낼 것까진 없었다. 나 혼자 걸어온 게 내가 삐진 것의 결과라고 생각했다면 그것도 아니다. 밤공기가 좋아 혼자 걷고 싶었던 것뿐이다. 삐지지 않았다. 서운했다. 장난스레 웃으며 삐졌냐 묻는 너의 모습에 서운했다.

나는 상처를 잘 받는 편이다. 아무리 절친한 사이에서의 장난이라도 받아들이는 허용 범위가 좁고, 선을 넘어가면 불편한 감정이 표정으로 고개를 내밀 거라는 사실을 알기에 아예 귀를 닫는다.

갓 스무 살이 됐을 땐 인간관계의 시작을 망치긴 싫었는지 최대한 내 감정을 상대에게 맞춰주려 의식했다. 그러다가도 감정이 밖으로 드러나 누군가 삐졌냐 물으면, 상황의 책임이 괜히 예민하게 굴었던 나에게 있다는 죄책감에, 먼저 상대의 언행을 용서했다. 바보같은 녀석, 얼마나 쉬워 보였을까.

나는 내가 틀린 줄 알았다. 상대에게 서운해지는 나의 쪼잔한 감정이 잘못된 줄 알았다. 삐졌냐는 말에 끙끙 앓았

다. 그런데 더이상은 삐졌냐는 말이 그냥 넘어가지질 않는
다. 고작 단어 하나에 나를 괴롭히긴 싫었다.

틀린 감정은 없다. 삐졌냐는 의문문은 모든 책임을, 감
정의 시비를 온통 내게로 떠넘기는 일처럼 여겨졌다. 나는
그날 이후로 삐졌냐는 말을 곁에 두지 않기로 했다. 서운
했구나, 그렇게 토닥이며 우리의 상황을 처음으로 되돌아
가 같이 걸으며 이해하기로 했다. 나는 어쩌면 여러 상황
에서 많이도 서운해할지 모른다. 그럴 때면 삐졌냐고 묻기
보단, 이 사람이 내가 생각했던 것보다 더 많이 나를 떠올
리고 있었구나 끄덕여주길 바라본다.

세번째 사람,
첫번째 사랑

네가 몇 발자국 앞서 걷는다. 속도를 맞춰 뒤따르다 어떤 표정을 짓고 있는지 궁금해 바짝 쫓아 손을 붙잡았다. 이내 손이 뿌리쳐진다.

아주 잠깐이었지만, 나는 너의 표정에서 우리가 헤어졌음을 깨달았다. 우리는 그렇게 한 마디도 없이 이별했다.

주위를 둘러싸고 있던 모든 것들이 무너져내렸다. 네가 어떤 옷을 입고 있었는지, 어떤 계절이 가혹한 하루를 이고 갔는지, 어떤 날에 만났던 건지 기억나질 않는다. 결국 우리는 서로 다른 길을 택해 걸어갔다. 발가벗겨진 기억의 마지막은 내가 맞은 끝 중에 가장 잔잔하고 소란스러웠다.

가끔 이별을 상상했었다. 여느 영화나 드라마 속 연인들이 이별하듯 울고, 붙잡고, 소리지르고, 엉망진창이 될 줄 알았다. 그런데 그토록 조용할 줄은 상상도 못했다. 일련의 감정들이 한꺼번에 끓어올라 목구멍을 틀어막았음에 틀림없다. 그날이 지나고선 매일이 최악의 하루였고, 여러 해가 지난 지금 그때를 떠올리는 아주 가끔은 하루가 엉망이 된다. 가끔 재회를 상상한다. 예전 같지 않은 우리 사이의 공기가 나를 더 비참하게 만들어 더이상 네가 없어도 괜찮겠다는 생각이 들까? 아니, 그럴 리가 없다. 재회하지 않아도 아직 사랑한다는 것쯤은 안다. 안 될 거란 걸 알면서 예전처럼 너의 곁에서 하루를 지내는 상상을 한다.

세상은 모순이라는 덩어리로 뭉쳐져 있다. 존재의 크기는 부재의 길이에 비례해 급속도로 팽창한다. 너의 온기가 언제고 지속된다는 바보 같은 확신은 대체 왜 했던 걸까 후회가 밀려온다. 이제는 차갑게 식어버린 추억의 흔적을 따라 우리가 함께였음을 어루만져본다. 어느 곳 하나 네가 아닌 것이 없다. 우리가 처음 입맞췄던 곳, 침대에 나란히 앉아 TV를 봤던 내 방, 각자 집으로 헤어지는 게 무척이나 아쉬웠던 종로3가역 계단까지 전부 너였다.

꼭 낯선 곳에 갇힌 듯 길을 잃는다. 보호자를 잃은 어린 아이처럼 주위를 서성이다 주저앉는다. 다 잊었다는, 이제 아무렇지도 않다는 말은 잠시 통증을 잊게 해주는 임시적인 조치에 불과하다. 언제쯤 너를 정말로 말끔하게 지워낼 수 있을까? 아니, 사실 아무것도 지워내고 싶지 않다.

너는 내가 만난 세번째 사람이자, 첫번째 사랑이다. 나는 너라는 사람을 사랑했지만, 네가 준 사랑까지 사랑하진 못했다. 그건 내가 나조차 사랑하지 못한 탓이다. 나는 사랑에 있어 미숙했다. 너를 잃음으로 인해 나를 원망했고, 사랑했고, 너의 사랑을 채웠다. 단지 이 모든 것들이 네가 떠난 후에야 가능했다는 게 괴롭다. 네가 내가 아닌 다른 누군가를 만나는 게 죽도록 싫지만 나보다 훨씬 더 좋은 사람 만나길 바랄 것이고, 친구 그 이상도 이하도 아닌 관계가 쓸쓸하지만 그렇게라도 지내보려 노력할 것이고, 나를 퍽 많이 미워하더라도 나는 계속 너를 좋아할 것이다.

가슴에 너라는 생채기 하나를 품고 살아간다. 아물지 않는 상처로 인해 나는 조금이나마 자랐다.

안부가 궁금한 사람

아침에는 따듯한 커피 한잔이 그리워진다. 하루가 시작되기 전 가만히 의자에 앉아 들이켜는 여유이다. 도저히 참기 힘들 만큼 손이 차가워질 때는 대충 모자를 눌러쓰고 나가 커피를 사 온다. 집에 커피머신을 들여놓을까도 생각해봤지만, 너무 자주 찾게 될까봐 관뒀다.

멍하니 창밖을 바라보다 책상 모서리를 손으로 쓰다듬어본다. 꽤나 날카로웠던 책상 끝은 얼마나 쓰다듬었는지 색이 바래고 뭉툭하게 무뎌졌다.

소란스러운 하루 속에 문득 안부가 궁금해지는 사람이 있다. 언제나처럼 한참을 망설이다 그리움을 겨우 삼켜낸다. 침대에 엎드려 이불에 얼굴을 파묻어도 보고, 창문을 활짝 열고 바람에 맞아도 보고, 친구들을 만나 시간 가는 줄 모르게 이야기도 해보고, 어지러워질 때까지 진창 술을 마셔도 봤지만, 역시나 가만히 앉아 커피를 들이켜는 것만 한 게 없다. 그건 아마도 당신과 마주앉아 따듯한 커피를 마시며 다정히 대화를 나눈 기억이 없어서일 거다.

그때는 눈치채지 못했던 사소한 스침이 후회가 되어 나를 할퀸다. 지금 알고 있는 것들을 일찍 해줬더라면 아직까지 우리는 서로의 곁을 지키고 있을까? 철없던 날의 스스로를 꾸짖어봤자 솔직한 감정으로 나름 최선을 다했던 지난 시간이 틀린 거라고 차마 말하지 못했다.

그때의 나는 그때의 방식으로 당신을 사랑했다. 더 좋은 사람 만나기를 바란다. 그래도 나를 잊지 않아주기를 바란다. 나는 아직도 이렇게나 어리고, 모자라고, 서툴다.

터키의 속담 그대로 커피는 지옥처럼 검고, 죽음처럼 강하며, 사랑처럼 달콤하다. 커피에는 당신이 아직도 식지 않고 깃들어 있다.

치울 수 없는
것들

　날을 잡아 집을 치운다. 혼자 살게 되면서 청소라는 행위가 나의 영역으로 넘어온 이후로는 결벽증에 가까우리만큼 깔끔하려는 경향이 생겼다. 그렇다고 더럽히기를 꺼리는 건 아니다. 일과를 마치고 돌아와 방 안에 무너지듯 하루를 온통 쏟아낸다. 마음이 한결 가벼워질 때까지 게워내지 않으면 다른 하루를 받아낼 공간이 없을지 모른다는 생각에서다.

　곳곳에 널브러진 흔적들을 제자리로 돌려놓는다. 물건들이 생각하는 자리에 없으면 가끔 화가 날 때도 있다. 아마 내가 벌이고, 선택하고, 어지르고, 치우기에 애착이 붙어서일 거다.

계절은 단지 숫자뿐만 아니라 어떤 내음으로 다가왔음을 어필한다. 계절이 내뿜는 선선한 바람을 들이켰다. 이른아침에 일어나자마자 기분좋게 온몸을 감싸는 시원한 바람과 따듯한 햇살이 방 안 가득 채워주는 것에 비해 집 안의 상태가 영 형편없었다. 치우지 않고서는 도저히 하루를 시작하기가 어려울 지경이었다.

창문을 끝까지 열어젖히고 집을 정돈했다. 이불을 고이 접어 포개두고, 미뤄두었던 설거지를 끝내고, 화장실 구석의 곰팡이를 씻어내고, 세탁기를 돌렸다. 잔뜩 어질러진 주변을 정리하느라 정작 나는 땀범벅이 되어 서 있던 자리에 털썩 주저앉았다.

깨끗해진 집을 천천히 둘러보며 쓸데없이 먹먹해졌다.

나는 엄마가 내 방을 청소하는 게 싫었다. 오롯이 나만을 위한 공간을 침해당한 불쾌함과 더불어 내 물건을 쉽게 버리는 것이 신경쓰였다. 공부로 예민한 고등학생이 되면서부터 엄마는 내 방을 청소하지 않으셨고, 서울로 대학을 왔으니 내가 쓰던 방의 물건들은 모조리 없어졌을 거라고 속단했다. 그런데 집에 돌아가보니 내가 쓰던 책, 침대, 칠판, 옷장까지 어느 것 하나 헝클어지지 않고 제자리를 지키고 있었다. 미처 제때 정리하지 못하고 아무렇게나 던져 둔 물건들을 보며 자식의 하루를 더듬어보셨던 걸까.

이제 흔적을 남겨두지 않으려는 청소를 반복한다. 그리고 그 시간을 정리하며 스스로가 많이 지쳤음을 뒤늦게 깨닫고 토닥여준다. 대단한 돈을 들여 치장해주지는 못하지만, 맛있는 밥 한 끼 든든하게 먹는 것 정도는 자주 해줘야겠다. 떠나간 계절과 함께 사라진 지난 흔적을 되짚어보는 일이란 꽤나 가슴 먹먹한 일이었다.

얇은 옷 하나를 걸치고 밖으로 나갔다. 청소를 한 덕분인지 복잡했던 머리가 어느 정도 정리되는 느낌이었다. 그런데 아직 어질러진 마음은 어떻게 처리해야 할지 감이 잡히질 않았다.

손이 닿지 않는 저 너머의 기억과 감정으로 더럽혀진 가슴속은, 청소가 되긴 하는 걸까. 휴대폰에 묻은 지문처럼 내 손으로는 절대 지워낼 수 없을 거다.

기억과 감정은 결코 치울 수 없는 것들이라 그것들의 청소는 나의 손을 떠나갔다. 그저 시간이 약이라는 말을 믿고 언제쯤 사라지려나 애꿎은 집만 죽어라 치워댄다.

당연한 헤어짐

여느 때와 다름없는 여름이었고, 또 조금은 다르기도 한 여름이었다. 고향에서의 휴학 생활을 정리하고 복학을 위해 다시 서울로 돌아가는 길이었다.

떠날 때도 여름, 돌아올 때도 여름. 고향에서 보낸 고작 두 번의 여름이 준 열기는 가실 줄을 몰랐다. 이십 년 가까이 고향에 묵혀둔 사람과 감정이 그리워 서울을 훅 떠나버렸던 스물한 살 풋내기는 사람도 감정도 가득 머금은 성숙한 스물셋이 되어 있었다.

인연의 깊이는 세월에 비례하는 줄 알았는데, 그것도 아니더라. 그리움은 공허함으로 인해 부풀어올랐다. 텅 빈 방 안에 홀로 남아 떠올리는 얼굴에는 분명 서울에서의 인연도 있었다. 하지만 그 얼굴의 대부분은 선명하지 않았다. 진실한 관계를 맺지 못했던 걸까. 그렇다면 나라는 사람을 전부 열어주지 않은 건 어떤 이유였을까. 모든 것들이 낯설었던 서울살이에 빠르게 적응하지 못한 탓일까? 그렇다고 해도 느렸던 스스로를 탓하진 않으련다. 그때는 그랬어야만 의미 있는 것들이 있으니까. 그게 아픔이건 기쁨이건 간에. 그래도 이제는 사랑한다, 미안하다, 보고 싶다, 감정을 숨기지 않고 솔직히 드러낼 수 있을 정도로 변했다. 어렸던, 그러니까 나이가 아니라 표현이 어렸던 지난 스무 살과 스물한 살의 관계를 되찾으려 했다.

고향에서 새로 사귀었던 사람들부터 오랜만에 마주한 사람들까지, 하나하나의 얼굴을 뒤로하고 떠나기가 힘들었다. 더군다나 거의 매일 만나며 나의 꿈을 응원해주고, 지켜봐주고, 축하해주고, 힘이 되어주었던 사람들과 더이상 함께할 수 없다는 게 슬펐다. 물론 언제든 다시 돌아가면 반가워하며 맞아줄 거라는 사실에 의심의 여지가 없다. 단지 이유 없이 소주 한잔 기울이고픈 날, 곧바로 뛰쳐나가도 소용 없다는 게 조금은 쓸쓸할 뿐이다. 당장 보고픈 사람을 바로 볼 수 없는 건 서글픈 일이다. 휴대폰을 만지작

거린다고 해서 풀리는 건 아니기에.

괜한 한숨으로 머릿속을 비웠다. 서울에 도착하자마자
일부러 쉬지도 않고 정신없이 짐 정리를 시작했다. 피곤
에 절어 일찍 눈을 감아버리면 괜찮아질까 싶은 마음에 억
지로 잠을 청했다. 다음날 맞이할 여름은 씩씩하게 잘 이
겨내리라 다짐하며. 하지만 함께 눈을 감은 하늘의 낯빛은
급격히 어두워졌고, 그동안의 땀을 한 번에 쏟아내기라도
하듯 많은 비가 내렸다. 이윽고 차디찬 바람이 불었다. 이
리저리 뒤척이다 깨어나 고이 접어뒀던 이불을 꺼내 꼭 끌
어안았다. 얼마 지나지 않아 방 안을 가득 채우는 햇볕에
눈을 뜨니 코를 홀쩍일 정도로 쌀쌀해져 있었다. 단 하룻
밤 새 많은 것들이 변해 있었다.

나의 예상은 보기 좋게 빗나갔다. 여름과 조금 더 함께할
거라 거라 생각했는데 9월이 가까워지며 가을도 성큼 다가
서 있었다. 언제 끝이 날까 얼굴을 찌푸렸던 여름은 인사
를 건넬 틈도 없이 떠나갔고, 가을은 온다는 연락도 없이
손을 불쑥 내밀었다.

우리는 숨고르기 할 틈도 없이 가을의 출발선에 서야만
했다. 그래도 그러려니 넘어갔다. 계절이란 원래 그런

거니까. 오고, 가고, 또 올 테고, 또 갈 테지. 떠나보내도 돌아올 거란 확신이 있었다.

집 안으로 세차게 불어오는 바람을 맞으며 휴대폰을 집어들었다. 혼자 있으면 애써 날려 보낸 쓸쓸함이 다시 돌아올까 급하게 동기들과 술 약속을 잡았다.

자주 가던 술집을 찾았다. 사장님은 여전하셨다. 환하게 웃으며 오랜만이란 인사를 건네주셨다. 가게 분위기, 사장님, 메뉴까지. 시간이 흘러도 그 모습 그대로 있어줘서 얼마나 고맙던지. 동기들과는 이 년 만의 만남이었지만, 어색하지 않았다. 바로 어제 본 것처럼 즐겁게 웃고 떠들었다.

그러나 하룻밤 새 찾아온 가을이 아침과 마찬가지로 찬바람을 불어댔다. 벌써 가을이구나, 다들 바람 위로 올라탔다. 한기가 몸의 빈 틈새를 타고 마구 새어나가는지, 내가 느끼던 감정들이 우수수 쏟아졌다. 다행히도 누군가는 나의 이야기에 자신의 이야기를 연상해 털어놓기도 하고, 누군가는 격하게 공감하며 고개를 끄덕이기도 했다.

모든 이들에게 헤어짐이란 별반 다르지 않았나보다. 사랑하는 사람을 떠나보내는 일이란 저 계절처럼 간단하지 않더라.

다시 만난 사람, 앞으로 만날 사람, 만나기 쉽지 않아진 사람, 마음이 떠나버린 사람, 그리고 이제 더이상 만날 수 없는 사람까지. 어느 한 명을 떠올려도 그러려니 넘어가지지가 않았다.

무척이나 억울했다. 어째서 계절은 단 한순간에 저리 쉽게 변할 수 있는지. 도무지 이해할 수 없었다.

어쩌면 우리의 만남과 헤어짐도 저 계절처럼 당연하고 자연스러울지 모른다. 하지만 우리의 만남은 계절처럼 당연히 돌아올 거라 확신할 수 없다. 그래서 헤어짐은 당연할지도 모르지만, 헤어짐을 당연하게 여기는 사람은 없다.

최선을 다하지 못했던 지난날이 자꾸만 눈에 밟혀 창피하고 후회스러웠다. 지나가버린 스물세 번의 여름, 나는 아직 그날들을 잊지도, 포기하지도 않았다. 그래서 지나버린 무더위가 적어도 나에게만큼은 언제까지고 영원할 것처럼 조금만 더 붙잡아두기로 했다.

사람에게 받은
상처에
붙이는 밴드

우리는 사랑이 사랑임을 인지하는 시기가 서로 달랐다. 대학에 진학해 그애를 보자마자 친해지고 싶다는 호기심이 들어 내가 먼저 다가갔다. 무턱대고 들이댔지만, 나를 거부감 없이 받아들여주었다. 처음에는 다른 모든 조건을 차치하고 그 사람과 함께하는 시간 자체가 너무 즐거웠다. 애틋한 감정 하나로 우리 두 사람에게만 오롯이 집중할 수 있었다.

그런데 문득. 의심이 들었다. 이렇게 행복해도 되는 걸까? 그대로 받아들여도 될 텐데, 쓸데없는 질문을 던졌다. 어느샌가 나도 모르게 그 사람을 조금씩 밀어냈다. 마음을 주는 동안 나라는 인간의 어두운 면까지 공유됐다. 못난 모습을 들키기 싫었다. 그애가 싫어져서나 싫증나서가 아니었다. 나의 어린 감정 때문에 그애가 괜히 상처받을까 두려웠다.

　머릿속 사진으로 남겨둔 추억들을 애써 모른 채 외면했다. 그럴수록 그 사람은 버티지 못하고 나에게 차갑게 대했고, 좁힐 수 없을 만큼 멀어졌다는 게 피부에 와닿았다. 그리고 잠시 밀려났던 추억들이 물밀듯 다시 밀려들어왔다. 그 사랑이 떠나가고 나서 나는 그게 사랑임을 알았다. 그때 그냥 터놓고 말했더라면 어땠을까? 너에게 의존하는 무책임한 모습을 보이기 싫었다고. 이제껏 나는 언제나 강해야 했고, 혼자서 해결해내려 발버둥쳐왔으니까 힘이 든다고 말하면 안 되는 줄 알았다. 강한 척 어른 행세를 하고 있었을 뿐, 아직도 약하고 어린 천치에 불과했다. 인연이란 서로에게 기댈 수 있기에 존재하는 사람이라는 걸 그땐 몰랐다. 결국 우린 헤어졌다.

　나중에는 그 사람을 잊어보려 다른 사람을 만났다. 하루는 친구가 주선하는 소개팅에 덥석 나갔다. 그동안은 완강히 거부해오던 소개팅이었다. 서로에 대한 감정보다는 필요나 외로움에 의해 만나고, 그마저도 조건을 따져대기 바뻔 자리가 싫어서다. 그러면 사귀는 것도, 헤어지는 것도 쉬워질 것 같았다. 그러다 방 안의 무엇 하나 제자리를 찾지 못하고 엉망진창이 될 때쯤 쓸데없는 편견이겠지 하며 자리를 가졌고, 새로 만나게 된 사람에게 호감이 있다고 믿고 사귀게 됐다. 당연히 오래가지 못했다. 상대방에게 몹쓸 짓을 하고 있었다.

사람은 사람으로 잊히지 않았다. 상처에 붙이는 대일밴드는 효과 만점일지 몰라도, 사람에 붙이는 '대인밴드'는 아무 효과가 없었다. 그래서 그 사람이 더이상 보고 싶지 않아지면 다시 누군가와 시작하자 했다.

한동안 향수를 앓던 중, 오랜만에 그 사람과 마주쳤다. 무척이나 반가웠던 것에 비해 몸은 따라주지 않았다. 잘 지냈냐는 간단한 안부 인사 하나 건네기가 힘들었다. 해봤자 사람 한 명을 사이에 두고 한 마디씩 거드는 게 전부였다. 하나둘씩 각자 집으로 돌아가고, 우리 둘은 남아 못다 한 이야기를 나눴다. 숨겨놨던 감정들을 뒤늦게 둘러대듯 고백했다. 다시 함께할 순 없겠냐는 투의 이기적인 어리광도 있었지만, 그보단 너는 진심으로 매력적이고 사랑스러운 사람이라 말해주고 싶었다. 끝이라는 말조차 없이 끝났

던 그날 역시 바보같은 나의 잘못이었다고 말해주고 싶었
다. 그 사람은 나더러 네가 좋은 사람을 만났으면 좋겠다
고 했다. 나는 아무 말도 하지 않았다. 그 사람이 누굴 만나
든지 축복해줄 수 있지만, 나는 나대로 그 사람을 잊을 만
큼의 시간이 필요했다.

　작은 상처가 난 손을 매만지다 반창고까지 붙일 필요는
없을 것 같아 떼어버렸다. 사랑이 뭔지 나는 아직도 잘 모
르겠다. 내가 들어온 사랑은 단 하나의 겹침 없이 모두 다
른 형태로 존재했다. 누군가는 새까만 하늘 위 홀로 떠 있
는 달과 같은 따스함이라 하고, 누군가는 잠시 머무름에
그쳐버린 바람과 같은 쌀쌀함이라 한다.

　내가 유일하게 사랑이었다고 말할 수 있는 건, 심지어 당
시에는 사랑인 줄도 몰랐던, 식어버린 커피 같다. 뜨겁게
달아올라 김이 모락모락 올라올 때 입에 대기 힘들어 무슨
맛인지 음미하지 못했는데, 식어버리고 난 뒤에야 여전히
가득 채워진 잔을 혼자 들이켜며 미치도록 그리운 맛이었
다고 후회하고 있다. 정말 찌질하지만, 적어도 나의 사랑
은 그렇다.

아무렇다

　서울에서 자취를 시작한 지 칠 년 만에 제대로 된 주방이 생겼다. 집에서 밥을 해 먹는 게 익숙해졌는지, 직접 만들어 먹고픈 욕심이 갈수록 커졌다.

　요리를 다양하게 할 줄 아는 건 아니어도 찌개 종류는 나름 맛있게 끓일 줄 알았다. 사장님께서도 내가 주방에서 즉흥적으로 만든 된장찌개를 먹고서는 맛있다고 하셨으니 손맛이 없는 것도 아닌 듯하다.

　마트에서 장을 보고 들어와 오랜만에 김치찌개를 끓였다. 따뜻해진 날씨 덕에 땀을 뻘뻘 흘려가며 정신없이 만들었다. 온갖 재료를 넣고 푹 끓이다 마지막으로 조미료 통을 꺼내들었다. 입 두 개 중에 작은 구멍이 여러 개 뚫린

쪽을 열어 조심스레 탈탈 털었다. 그런데 나오는 게 시원
찮았다. 조심스레 흔들다 안 되겠다 싶어 세게 흔들었는데
도 작은 가루들이 뭉쳐 커다래져서는 구멍이 막힌 것처럼
잘 나오지 않았다. 한참을 씨름하고는 결국 큰 구멍이 뻥
뚫려 있는 반대쪽 입을 열고 적당히 훅 털어냈다. 그게 뭐
라고 속이 다 시원했다.

저녁을 먹고 설거지를 하려 싱크대로 다가섰다. 선반 위
눈높이에 맞춰져 올려진 조미료 통을 보다 웃음이 나왔다.
저 답답한 조미료 통이 꼭 나인 것 같아서.

감정을 여과 없이 드러내지 못하고 누군가의 눈치를 보
며 행동할 때가 있다. 억울할 때 칭얼대지 못하고, 화가 날
때 소리지르지 못하고, 슬플 때 울지 못한다. 칭얼대면 시
끄럽다고 할까봐, 소리지르면 괜히 예민하다고 할까봐, 울
면 어른답지 못하다고 할까봐. 걱정에 걱정이 쌓인다. 가
끔은 솔직한 게 성숙하지 않은 행동이라 손가락질받는다.
그래서 허벅지를 꼬집고 장이 뒤틀리도록 감정을 삼켜낸
다. 속으로는 열불이 나는데도 집으로 돌아와 혼자가 돼서
야 하나둘씩 풀어놓는다. 작더라도 뚫어둔 구멍이 여러 개
면 스트레스가 쌓여도 마음먹은 대로 조절해서 쏟아낼 수

있을 것 같지만, 묵은 감정은 점점 커다래져 구멍을 막히게 한다. 쏟아내긴 무슨, 뚫린 구멍의 개수만큼 아프다. 얼마나 억울한가. 아프기만 하고 시원하지 않다니.

성숙해서 참아야 하는 것도, 참는 게 성숙한 것도 아니다. 시간이 흐를수록 지어지는 무게만큼 제때 쏟아내지 않는다면 결국엔 쓰러져 압사하고 말 거다. 어린아이처럼 누군가가 챙겨주기를 바라는 건 아니다. 그러니 헤쳐나갈 방법을 찾아주려 골머리 앓을 필요 없다. 그보단 들어주고, 바라봐주고, 함께 있어주는 것, 그것만으로도 만족스러울 거다.

이제는 한 번만 기울이더라도 마구 쏟아져나오도록 확 기울여버리련다. 가끔은 과하다 싶을 정도로 많이. 억울할 땐 칭얼거리고, 화가 날 땐 소리지르고, 슬플 땐 우는 게 정상이다. 내 감정에 솔직하지 못한 게 오히려 성숙하지 못한 일이다. 더이상은 가면을 쓰고 누군가를 위해 숨어 살아가지 않기를.

거짓말을 밥먹듯 하고 살았다. 어제만 해도 나는 정말 아무렇지 않다고 다독였다. 하지만 이제는 말해야겠다. 나는 정말 아무렇다.

심심하고
쓸쓸하게

자취방의 계약이 만료되어 이사를 갔다. 부동산에 조건을 물어 총 세 군데를 둘러봤다. 결정은 그리 어렵지 않았다. 가장 좋은 방은 아니었지만, 햇빛이 갈색 커튼의 틈을 통과해 방 안을 온통 따뜻하게 가득 물들이는 모습에 반했다.

짐을 옮기고 집을 채워나갔다. 내 마음대로 방을 꾸몄다. 문을 열고 들어오면 나뿐만 아니라 잠시 들르는 사람의 입에서 예쁘게 잘 꾸몄다는 말이 나오게 만드는 것이 목표였다. 비용은 꽤나 들었으나, 혹독한 겨울을 보낸 나의 마음을 챙기는 일이었기에 괜찮았다. 인테리어는 성공적이었다. 투박한 솜씨치고 썩 나쁘지 않았다.

한동안은 구경 오는 사람들의 발길이 끊이지 않았다. 안과 밖을 구분 짓는 선을 바쁘게 넘나들었다. 그러다 다시 혼자 집 안으로 들어서야 하는 순간이 돌아왔고, 집을 먼 발치서부터 찬찬히 훑어볼 기회가 생겼다.

아무것도 보이지 않는 어둠에서는 의미가 없었다. 그렇다고 불을 켰다고 뭔가 달라지는 것도 없었다. 이건 내 방에 들른 우리를 위한 것이었기 때문에, 사람들이 머물다 간 빈자리는 너무나 커 보였다. 마치 태풍이 휩쓸고 간 자리처럼 휑해 보이기까지 했다. 몇 분 전만 해도 방 안에는 우리들의 음성이 꽉 차 있었는데, 그 자리에는 전부 그대로였지만 아무것도 없었다. 사람의 빈자리란 무척이나 공허하다. 홀로 남아 잠들기 전까지 버텨내야 하는 공간이 모든 어둠을 빨아들이는 블랙홀로 변한다.

모자란 불안감을 달래려 얼마 전 같은 처지가 된 친구에게 메시지를 보냈다. 혼자가 되어보니 어떻느냐고. 심심하고 쓸쓸하단다. 그런 마음이 무언지 잘 아는 나는 괜찮아, 나아질 거야 따위의 따듯한 말을 해주지는 못했다. 그저 나도 그렇더라 하는 한마디가 전부였다. 무심한 위로가 우리를 감싸안는다.

첫 사람

"사랑이란 건 뭘까?"

당신은 덜컥 질문을 건넸다.

"글쎄, 갑자기 왜?"

당신은 나와 만나기 전 친구와 카페에 갔다고 했다. 각자의 연애를 하고 있는 둘은 문득 사랑이란 무엇일까에 대하여 고민했단다. 그러다 인터넷에 '사랑'을 검색했고, 고대국어에서 사랑한다는 말은 '계속해서 생각하다思量'는 뜻을 지녔다는 설을 찾아냈다고 말했다.

당신은 어떤 것 같냐고 물었고, 나는 그럴싸하지만 온전하지는 못하다고 답했다. 이내 뽀로통해진 얼굴로 맞으면 맞고 아니면 아닌 거지 그런 애매한 대답이 어딨냐며 투덜거리던 당신은 그 고대 국어의 해석이 마음에 들었던 모양이다.

사랑처럼 오묘한 감정이 또 있을까? 사랑은 세상의 모든 사람들에게 각기 다른 모습으로 나타나고, 그렇기에 각기 다른 모습으로 묘사되고 정의된다. 그러니까 사랑을 무어라 딱 정의내릴 수 있다고 답하는 사람은 사기꾼일 가능성이 농후하다. 아니면 영원히 끝나지 않을 분쟁을 종결한 공으로 노벨평화상을 받을 자격이 있는 천재일 수도. 두 가지 다 될 상이 아닌 나로서는 당신이 그걸 사랑이라 믿는다면, 그게 곧 사랑의 올바른 정의일 거라고 말할 수 밖엔 없었다.

나는 당신이 몇번째로 마음에 지니고 다녔던 사람일지 궁금해졌으나, 첫번째는 아닐 것 같기에 괜한 물음은 관두기로 했다.

나는 사랑이란 것을 제대로 해본 적이나 있나 골똘히 생각해봤다. 그 기원을 찾으려면 처음이라 불리는 경험으로 거슬러올라가야 하는데, 아무래도 그를 쉽게 파헤쳐내기란 보통 일이 아니었다. 아, 딱 이거라고 확신할 수 있는 게 뭐가 있을까.

나의 첫사랑은 사람이 아니라면 당연히 술이다. 대학교 신입생 오리엔테이션에서 동아리 선배들이 주는 술을 넙

죽 받아먹던 게 나의 첫 술이었다. 한 병이 일곱 잔 정도라고 쳤을 때 나는 마흔 잔을 거뜬히 넘겼으니 소주 여섯 병은 거뜬히 들이켠 셈이다. 이른 저녁부터 시작해 잠 한숨 자지 않고도 술이 고파 죽어라 마셔대다 시간이 없어 서울로 돌아와야 했다. 물론 주정뱅이의 말로는 깔끔하지 못했다. 첫 숙취에 시달리며 다음 하루를 버렸다. 그러고도 술이 좋았다. 술에 한껏 취한 다음날 어떤 고통이 다가올 줄 알면서도 또 술을 마실 거라 믿어 의심치 않는다.

술은 삼켜냈던 감정을 다시 토해내게 해줬다. 그것이 기쁨이건 슬픔이건 아픔이건 좌절이건 술 앞에서는 동등했고, 전혀 다른 사람이 되어 니 따위가 뭐길래 나를 이렇게 구차하게 만드냐고 하소연해댔다. 한창 마셔댈 때는 하루도 거르지 않고 술집에 갔으니, 대학교 술집의 사장님과는 대부분 말을 트고 친해졌을 정도였다.

꼭 술이 필요해서만 술을 찾았던 것도 아니었다. 아무런 이유가 없는데도 술이 불쑥 떠올라 그냥 마신 날도 다반사였다. 확실히 나는 술을 사랑한다. 그래서 언젠가 사랑하는 사람이 생기면 꼭 같이 술을 마셔야겠다는 다짐 아닌 다짐도 했었다.

아쉽게도 당신은 술을 잘하지 못한다. 나와 처음 술을 마시던 날 당신은 겨우 소주 한 잔에 취했고, 나머지는 내가 전부 들이켰다. 그날 당신과는 술을 같이 마시진 못하겠다는 아쉬움이 일었다. 이후로 우리는 한 번도 술자리를 가진 적이 없는데, 오늘은 곱창을 먹다 술을 마실까 아주 잠시 고민했다. 평소였으면 주문과 동시에 술을 시켰을 텐데도 불구하고 나는 곱창이 다 구워진 후에야 혼자 마실 맥주 한 병과 당신이 마실 사이다를 주문했다.

나는 당신이라는 사람을 위해 나의 사랑을 포기할 수 있었다. 그리고 당신이 술을 끊으라 한다면, 기꺼이 술을 내칠 준비까지도 되어 있다.

사랑이 무엇이냐는 질문에 대한 나의 대답은 이렇다. 내가 사랑하는 술을 마시지 않게 만드는 당신이 나의 사랑이다. 당신이 나의 첫 사람이다.

인증샷

음식은 눈으로도 먹는다는 말이 있다. 그러니까 이제는 먹는 맛뿐만 아니라 보는 맛까지 더해져야 사람들의 선택을 받는다. 하다못해 커피 한 잔을 내놓는 데도 식기며 트레이며 신경써 고르지 않은 것이 없어 보일 정도다. 그에 비하면 치킨은 꾸밀 것도 없이 담기만 하면 되는 것 아니냐고 물을 수 있다. 천만의 말씀. 치킨의 세계는 그렇게 호락호락하지 않았다. 치킨 반죽을 해두는 것과 동시에 갓 튀긴 치킨을 담아낼 그릇을 준비하는 것 또한 나의 역할이었다.

먼저 잘 닦은 동그란 트레이에 종이 포일 한 장을 예쁘게 올려준 뒤 사장님이 치킨을 담으면 메뉴에 따라 갖가지

토핑을 적절한 위치에 올려준다. 예를 들면 눈꽃치킨에는 파슬리와 치즈가루를, 간장치킨에는 아몬드와 마늘튀김을 골고루 뿌려준다. 늘 그렇듯 받는 입장에서 주는 입장이 되고서야 이 간단한 음식 하나에 얼마나 많은 수고가 담겨 있는지를 깨닫는다.

우리 가게는 홀과 주방 사이에 기다란 틈이 있는데, 음식이 나가고 나면 손님의 반응을 훔쳐보곤 한다. 손님들은 먹어보기도 전에 맛있겠다는 감탄사를 내뱉으며 사진을 찍는다. 완벽한 상태로 찍힌 음식 사진은 아마 맛있었다는 후기와 함께 SNS에 올라가거나 앨범에 저장되어 거기 치킨은 어떤지 궁금해하는 사람에게 보이겠지.

나는 음식 사진을 찍어두고 싶은 마음을 존중한다. 사진의 힘이란 게 그런 거 아니겠나. 사람의 기억에는 한계가 있고, 그 한계를 극복하도록 도와주는 게 사진이니까. 하지만 나는 따로 사진을 찍지 않는다. 음식이 맛있다는 평은 남김없이 깨끗하게 해치워버린 뒤 빈 그릇만을 두고 가게를 나오는 것으로 대신한다. 그러고는 친구들에게 음식이 어떤지 묻지 말고 한 번 가보라 추천해준다.

사진은 대부분 추억으로 남지만, 이따금씩 핑계로 변한다. 기억은 쌓이고 또 쌓이다 더이상 담아내지 못하고 흐르고 새어나온다. 열심히 머릿속을 뒤져도 그때의 기억이 없다는 걸 알게 된 순간 우리가 할 수 있는 거라곤 기억을 찬찬히 되짚어 다시 그 기억으로 돌아가는 것뿐이다.

밀려난 기억은 밀려난 대로, 남아 있는 추억은 남겨진 대로 의미가 된다. 애써 다시 끄집어내는 기억들이 모여 지워지지 않는 추억이 된다. 그래서 나는 사진에 큰 의미를 두진 않는다. 가끔 너는 왜 사진을 찍지 않느냐고 물어오면, 나도 사진 찍는다며 되받아친다. 음식을 다 먹은 뒤 빈 그릇의 사진을 한 장 찍어둔다. 너의 사진보다 몇 분을 더 보탠 기억을 담았다며 빙긋 웃어 보인다.

장난 아니야

— 우리 가게 치킨 진짜 맛있다니까?

— 네가 아르바이트하는 데니까 당연히 맛있겠지.

— 내가 치킨 맛있다고 하는 거 봤어? 근데 우리 가게는 장난 아니야.

— 알았다고. 그래서 저녁 뭐 먹어?

— 피자.

결국 지나가고, 또 올 텐데

나는 감각적인 부분에서 슬로어답터다. 낯선 것들이 익숙한 영역으로 들어와 친숙해졌다고 말할 수 있을 때까지 꽤나 오랜 시간이 걸린다. 인상이 까칠해 피했던 사람과 어느새 절친한 사이가 됐고, 얼굴이 찡그러졌던 냄새가 언제부턴가 향긋한 내음으로 변했고, 비위에 맞지 않아 헛구역질을 해댔던 과일을 스무 살이 넘어서는 잘도 먹고, 대단한 인기를 끌었던 노래를 별로라고 말하다 인기가 식고 나서야 자꾸 들어보니 괜찮더라며 하루종일 듣는다.

감각이 변덕을 부리는 건 어른이 됐다는 증거라고들 하지만, 그보다는 시간을 넉넉히 두고 급하지 않게 알아간 덕분이다.

썩 좋지만은 않았던 첫인상을 지워내려면 그를 지우고도 남을 만큼의 공을 들여야 한다. 추측으로 만들어진 모습이 아닌 진짜를 보기 위한 나름의 애씀이다.

슬로어답터는 행복했던 순간을 떠나보내는 것 역시 남들보다 한발 느리다. 이대로 놓아버리면 다시 돌아오지 않을 거라는 두려움에 계속 붙잡아두려고 한다.

기록적인 폭염이 휩쓸고 간 지난여름, 사랑하는 사람들과 여행을 다녀왔다. 지나치리만큼 이기적이지 못해 서로를 배려하기 바쁜 바보들이라 단 한 번의 부딪힘 없이 모두 여행에 만족하고 돌아왔다.

나는 그대로 함께 다시 떠나고 싶었다. 어딘지, 언제인지는 중요치 않았다. 그저 함께라는 사실 하나면 충분했다. 하지만 우리에게는 각자의 하루가 있다. 네 사람의 조건을 하나로 수렴하는 건 그리 쉬운 일이 아니었다.

문득 걱정이 들었다. 분명 좋았던 시간이 반복될 거라 믿었는데, 잘 안 될 수도 있겠구나 하는 그런. 나이를 먹는 건 아무래도 상관없었지만, 어른이 된다는 건 언제나 서글프다. 꼭 어른이 된 것 같아 조금은 쓸쓸했다.

얼마 전 아는 동생이 SNS에 올린 사진 한 장과 짧은 문장에 가슴이 울렁거렸다. 그는 '추억을 팔아 추억을 산다' 는 말과 더불어 친구들과 나란히 서 있는 사진 한 장을 올 렸다. 경복궁을 배경으로 활짝 웃고 있는 그들의 추억은 일 년 전의 것이었다.

저때 참 좋았지. 또 갈 수 있으려나. 그런 날이 올까? 가 끔 미소로 시작한 회상은 한숨으로 끝나곤 한다. 일정한 속도로 흘러가는 시간의 고삐를 당겨 재촉할수록 우리는 좋았던 날들이 돌아오지 않을 것 같다는 불확실에 떤다. 다시 돌아간다고 해도 당시의 행복이 그 자리에 그대로 있 어줄까 두려운 거다. 미리 걱정할 거 뭐 있나? 언제 다시 돌아올까 싶은 아득한 그때의 행복한 순간은 결국 지금 한 순간과 같이 지나가고, 또 올 텐데.

추억은 바래지 않고 켜켜이 쌓여 무너지지 않을 만큼 두 터워진다. 그러니 지나온 추억의 진짜 모습은 괜한 걱정으 로 판단할 수 없다. 직접 돌아가봐야 한다. 웃으며 회상하 고 있다면, 웃으며 우리 같이 돌아가보자는 연락을 해보는 건 어떨까?

나는 사랑하는 사람들에게 찬바람이 기승을 부릴 한겨울 에 다시 여행을 떠나자고 제안했다.

안녕,
오랜 사람아

  사실 너를 뭐라 불러야 할지 잘 모르겠어. 우리가 알게 된 지 어느덧 사 년이 되었지만, 예전 같지 않은 사이가 되어버린 것 같다는 생각 때문이야. 갈수록 무르익어가는 게 인연이라고들 하던데, 꼭 그런 것만도 아니라는 걸 이제는 알게 되었어.

  돌이켜보면 우리가 틀어질 만한 일은 딱히 없었는데. 그보단 좋았던 순간들이 많았지. 같이 밥을 먹고, 술을 먹고, 카페에 가고, 수다를 떨고, 영화를 보고, 그랬었네. 순식간에 일 년이 지났고, 나는 우리가 여전할 거라 여겼지. 변한 거라곤 너에게 연인이 생겼다는 것 정도랄까.

  나는 너의 연애를 내 일처럼 기뻐했었어. 너무 잘 어울리는 한쌍이라고, 잘해보라고 응원했었지.

그 딱 한 가지의 변화가 네게는 딱 한 가지만큼의 질량이 아니었나봐. 너는 연인을 위해 인연을 포기할 수 있다고 말하는 것처럼 행동이 바뀌었어.

우리는 언젠가부터 같이 밥을 먹고, 술을 먹고, 카페에 가고 수다를 떨고, 영화를 보고, 그런 순간들을 함께하지 않게 됐지. 어릴 땐 퍽 아쉬웠어. 나는 한 명 한 명의 인연에 온 마음을 쏟지 않은 적이 없었거든. 그래서 내가 먼저 이전의 어느 날로 돌아가자고 제안한 적이 많았지. 물론 너에게는 마땅한 이유가 있었고, 나 역시 그걸 크게 불평하지 않았지만. 우리는 자연스레 삼 년을 그냥 스쳐보냈어. 그새 우린 처음 만난 사이도 아니고, 그렇다고 막 친한 사이도 아닌, 그런 애매한 사이로 변했지. 친했다고 말하기엔 애틋하고, 모른다고 말하기엔 아련한 느낌이랄까.

있잖아. 이제는 나에게도 변화가 생겼어. 최근 일을 시작하게 되었는데, 누가 그러더라. 돈을 벌게 되는 순간 인간관계가 되게 단순해진다고. 그 말이 딱 맞는 것 같아. 몸도 마음도 여유가 조금씩 줄어가는데, 그런 나를 이해해주며 내가 쏟았던 마음을 조금씩이나마 돌려주는 사람들이 생겼어. 그래서 이제는 돌려받지 못한 마음에 대한 서운함에 몸서리치는 것보다 돌려주려는 마음을 감사하는 것에 온 마음을 쏟으려 해. 그러니까 나의 부족한 시간을 헤아려주고 먼저 다가와주는 사람에게 나의 마음을 온통 쏟아보려 해. 냉정한 말일 수 있지만, 지금 내게는 너와 보낼 시간의 자리가 없어. 나에게 생긴 딱 한 가지의 변화도 내게는 딱 한 가지만큼의 질량은 아니었나봐. 나는 내게 다가온 인연과 연인, 둘 다에게 부끄럽지 않은 최선을 다하고 싶어.

얼마 전 주변으로부터 네가 그 사람과 헤어졌다는 소식을 들었고, 머지않아 너에게서 연락이 왔지. 그동안 잘 지냈는지, 잘살고 있는지, 무얼 하고 있는지, 준비하고 있는 건 잘되고 있는지 따위의 일상적인 물음이 쏟아졌지. 아쉽게도 이 질문들에 대한 답을 주고받기에 우린 너무 늦은 게 아닐까 생각했지만 나는 전부 이야기해줬고, 솔직하게 나의 마음까지 털어놓았지. 부디 너의 다른 어떤 인연에게는 계속 이어질 수 있는 공간을 미리 남겨두길 바라는 마음에서.

나는 너를 미워하지 않지만, 그렇다고 예전처럼 대할 수도 없어. 그래도 이따금씩 문득 생각날 때면 어떻게 지내는지 안부 정도는 주고받을 수 있지 않을까? 당장은 나에게 그런 공간이 없음을 미안하게 생각해. 그러고 보니 인사조차 하지 못하고 어설프게 만나고, 헤어지고, 다시 만났네. 이번엔 인사라도 제대로 하자.

안녕, 오랜 사람아.

헌것의
가치

개인적으로 여름보다는 겨울을 훨씬 좋아한다. 겨울에는 여름이 그립다고 느껴본 적 없는데, 여름만 되면 겨울이 문득 그리워진다. 나도 누군가에게 문득 그리워지는 그런 사람이 되고파서 그렇게 겨울을 찾아대는가보다.

가볍게 입을 만한 얇은 옷이 뭐가 있을까 하고 옷장을 뒤졌다. 예전에는 옷에 별로 관심이 없었던 터라 직접 산 것보다 선물로 받은 것이 대부분이었다. 최근 들어서야 윗옷 정도는 내 스타일대로 사고 있다. 옷을 싹 꺼내 하나씩 다시 갰다. 잘 접혀 있는 옷을 구태여 정리하는 것은 그에 담긴 기억을 오래간만에 음미하기 위함이었다.

최근에 산 한두 벌을 제외하고 전부 오랫동안 입어온 옷이었다. 매번 같은 옷을 돌려 입는 것 같아 내친김에 새 옷이나 몇 벌 더 사자는 마음으로 컴퓨터를 켰다. 하지만 온라인 쇼핑몰을 쭉 훑은 지 얼마 되지 않아 금방 컴퓨터를 껐다. 당장은 나의 헌옷들보다 마음에 드는 새 옷이 없었다.

옷장을 열어봤다. 어설프게 접혀 있는 옷 하나하나에 스며들어 있는 추억의 흔적이 보였다. 엄마가 입으려다 너무 큰 사이즈를 샀다며 주신 검은색 니트, 누나가 생일선물로 사준 녹색 스웨터, 아빠가 입으시지 않아 물려받은 남색 카디건, 어렸을 적엔 자주 입었지만 이제는 몸이 커져 입지 못하게 된 청바지, 집 앞 마트에 갈 때 편하게 입는 회색 후드티까지. 지겹도록 입어왔기에 내가 가장 좋아하는 옷들이다.

헌것에는 새것에 없는 나이든 기억이 추억이 되어 새겨진다. 무엇 하나 쉬이 버릴 수 없는 건 바로 그 때문이리라. 새것은 처음이라는 설렘을 주지만, 헌것은 영원한 그리움을 준다.

새 옷이 눈에 들어오지 않는 건 나를 사랑하는 사람들이 건네준 헌옷의 촉감, 냄새, 추억이 아직도 아른거려서다. 보풀이 잔뜩 올라오거나, 체형이 변해 입지 못해도 굳이 옷장 한켠에 고이 걸어둔 건 차마 그들의 마음을 저버릴 수 없어서다. 문득 사람이 그리워지면 나는 이 헌것들을 온통 껴안는다.

사람도 별반 다르지 않다. 새로운 사람을 사귀는 일이란 언제나 설레지만, 그로 인해 오래된 인연에 소홀하지 않아야 한다. 곁에 있는 사람의 소중함을 잊는다면, 곁으로 올 사람의 소중함 또한 언젠가 놓치게 된다.

시간은 나는 것이 아니라 내는 것이고, 거리는 가만히 멈춰 다가오길 기다리는 것이 아니라 서로 좁혀가는 것이고, 나이는 순응하는 것이 아니라 극복하는 것이고, 인연의 깊이는 단순히 세월에 따라오는 것이 아니라 그동안 쏟아낸 마음에 비례하는 것이다. 나는 얼마나 많은 숫자를 거스르고 있는가.

맛보다는 분위기

익숙한 것들로부터 벗어나고 싶다. 벌써 매일같이 반복되는 삶이 지겨워졌다는 뻔한 전개는 아니다. 그저 하염없이 매일의 쳇바퀴를 굴리는 주체가 나이기를 바라는 마음에서다. 모든 걸 내려놓고 몸을 맡겨버리자는 안일함을 예방하고자 모처럼의 휴무에 군이 아침 일찍 몸을 일으켜 챙겨 먹지도 않던 아침을 차려 먹고 집을 나섰다.

동기들을 만나러 신사역 근처 카페에 들렀다. 커피 한잔에 곁들여 각자 사는 이야기를 정신없이 나누다보니 어느덧 늦은 오후가 되었다. 근사한 저녁을 먹기 위해 근처 맛집을 검색했다. 그러다 발견한 리뷰.

'맛은 보통이지만, 분위기 때문에 가는 곳.'

이게 무슨 말이람, 맛보다는 분위기 때문에 가는 곳이라
니. 결국 다른 곳을 골랐고 화제는 여행으로 넘어갔다. 친
구들은 시간을 맞춰 경주를 다녀왔는데, 너무 재밌었다고
했다. 그래 보였다. 서로 다른 다섯 명의 개인이 며칠 동안
동행하며 누구 하나 볼멘소리 하지 않았다는 것만으로도
참 대단한 일임을 안다. 물론 일말의 불만도 없었으리라고
는 생각하지 않는다. 다만 상대방을 조금씩 배려해가며 모
두에게 만족스러운 추억을 남기고자 했을 친구들의 노력
이 느껴지는 것 같았다.

친구들은 경주가 여행지로서 특별했던 건 아니라고 했
다. 하긴, 어릴 적 수학여행 장소로 지겹도록 선정되는 곳
이니 딱히 특별할 것도 없을 것이었다. 그래도 그들은 그
냥 경주를 가기로 했단다. 그리고 경주가 아닌 서울 어느
한 곳을 가서 며칠 밤을 보냈더라도 똑같이 행복하고 재밌
었을 거라고 했다.

장소가 중요한 게 아니었다. 역시 맛보단 분위기인 걸
까? 여행의 목적은 장소보다 좋은 사람들과 함께하는 시간
에 있다. 그러니까 함께 커피를 마시고 저녁을 먹는 순간
마저도 여행이라면 여행이겠다.

늘 나약한 마음을 숨기기 바빴고, 의연한 척했지만, 한편으로는 나는 누구보다 약한 사람임을 들키고도 싶었다. 꼭 맛있는 것을 먹고, 분위기가 좋은 곳을 가는 것이 아니더라도, 그냥 같이 있는 것만으로도 행복한 기분을 선물해주는 사람이 있다. 내가 이런 행복을 만끽할 만한 자격이 있는가 하는 의심보다 더 큰 설렘을 켜켜이 쌓일 수 있도록 나를 더 나은 방향으로 이끌어주는 이가 있다. 그런 사람이 있다.

(7등)

오랜만에 제자가 안부 인사를 건네왔다. 대학교 시절에는 방학 때마다 학원 아르바이트를 꾸준히 했다. 내가 영어를 잘하고 좋아할 수 있도록 만들어주신 원장님의 부탁으로 일을 시작한 것이 오래 이어졌다. 처음에는 숙제 검사나 단어 시험을 봐주는 게 전부였다. 그러다 나중에는 특강이라는 명목으로 공부를 가르쳐주기도 했다. 그는 그때 만난 학생이었다.

헛헛한 계절의 촉감이 온몸을 타고 흘러내릴 때쯤 마침 잘됐다며 마냥 반가워하다, 막상 메시지를 읽고는 멈칫했다. 먹먹했고, 또 막막했다. 그가 전해준 묵직한 이야기에 한참을 휴대폰 화면만 뚫어져라 쳐다봤다. 답장에 어떤 말을 담아 보내야 할지 도저히 모르겠어서 쉽게 운을 떼지 못했다. 그러다 결국 우리의 첫 만남으로 기억을 되돌렸다. 그 때는 나와 그가 지금까지도 서로의 안부를 묻는 각별한 사제지간이 될 줄은 꿈에도 몰랐다.

그를 처음 본 건 내가 열아홉에서 스무 살로 넘어가는 눈금을 막 지르밟았을 때 즈음이다. 당시만 해도 대다수의 사람들은 아르바이트를 할 것이 아니라 여행을 가는 게 낫지 않겠냐고 나를 보며 걱정했다. 하지만 내게는 아이들을 가르치는 일이 대단한 여행이었으니 타지의 정취를 즐기는 남들보다 덜할 것 없었다. 그렇게 아르바이트를 할 수 있는 합법적인 시기가 되자마자 나는 용돈을 벌었다.

선생님들은 당연히 공부 잘하는 학생들을 예뻐할 거란 종전의 편견과는 달리, 직접 가르쳐보니 나의 손길을 필요로 하는 학생들을 예뻐하게 되더라. 공부 잘하는 학생들이야 따로 말할 게 없었고, 나의 주 타깃은 공부하기를 싫어하는 뺀질이들이었다. 그도 그중 하나였다. 단어 시험을 통과하지 못해 수업이 끝난 후 남아서 재시험을 보는 일이 허다했고, 숙제로 내줬던 독해도 시원찮아 될 때까지 붙들어두고 정리하도록 시켰다. 그렇다고 아예 실력이 없는 건 아니었다. 우려와 달리 학교 성적은 나쁘지 않게 나오는 편이었다. 그래서 더 걱정스러웠다. 훗날 그애에게 후회가 남을까봐서.

우리는 능력 밖의 일에 대한 후회보다 충분한 능력이 있음에도 불구하고 아무것도 하지 않았던 지난날에 대한 후회로 발버둥치곤 한다. 그에게 자신도 몰랐던 잠재력이 있다는 사실을 알려주는 것이 나의 역할이라고 끊임없이 상기했다. '선생님은 너를 믿는다.' 그에게 입이 닳도록 해줬던 말이다. 물론 내가 그랬듯 경험보다 더 좋은 스승은 없으니 그때가 지나봐야 매 순간 최선을 다하는 것이 얼마나 중요했는가 체감할 거라 생각하면서도 그만두지는 않았다. 학업에 지쳐 자신조차 스스로를 믿기 어려워지면, 나보다도 나를 더 믿어주던 선생님을 떠올리며 무기력하게 스러지지 말자 다짐하기를 바랐다.

그 이후로도 방학이면 빠지지 않고 고향에 있는 학원으로 돌아가 아이들의 공부를 봐줬다. 시간이 지나 그는 고등학생이 됐다. 고등학생이 됐다는 건 학교생활에 집중해야 한다는 걸 뜻했다. 그에게 눈 딱 감고 몇 년만 더 고생하라는 마지막 격려를 남기고 원장님과 저녁을 먹었다.

이런저런 이야기를 나누던 중에 원장님은 누가 서울권 대학교에 합격할 만하겠느냐고 물었다. 누구나 그럴 거라 믿는 상위권 아이들의 이름을 나열하다, 그의 이름 뒤에 마침표를 찍었다. 나의 망설임 없는 대답에 원장님도 고개를 끄덕였다. 집으로 돌아가던 길에 그의 얼굴이 떠올라 메시지를 보냈다.

— 원장님께서 누가 앞으로도 꾸준히 공부를 잘할 것 같으냐고 물으시기에, 선생님은 네 이름을 말했어. 그만큼 선생님은 너를 믿는다.

짤막한 두 문장을 툭 던졌다. 그에게서 감사하다는 한마디가 되돌아왔다. 어떤 구체적인 기대는 하지 않았다. 그저 내가 할 수 있는 최선을 다했다는 안도감이 들었다. 내가 무심코 건넨 믿음이 그에게 어떤 영향을 미치게 될 줄은 전혀 몰랐다.

시간이 흘러 지나온 얼굴들을 잊어가던 여름 어느 한 날, 메시지 한 통이 날아들었다. 그였다. 형식적인 인사치레일까, 반가우면서도 반가움을 뒤로 감춰두고 덤덤하게 메시지를 눌러봤다. 선생님은 잘 지내시는지, 글 쓰시는 걸 읽어보니 잘 지내시는 것 같아 다행이라는 말이 시작이었다.

고등학교 2학년을 마무리하던 중에 선생님 생각이 났단
다. 요즘 조금 힘이 들어 내게 메시지를 하려다, 정확히 뭐
라 해야 할지 몰라 망설였단다. 그러다 이제야 연락했다
며. 자신은 문과에서 7등 정도 하는데, 서울권 대학에 들어
갈 수 있을지 모르겠다는 말이 이어졌다. 서울에 있는 대
학에 가지 못하더라도 끝까지 믿어주고 예뻐해주시면 좋
겠다고 했다. 예전부터 자신을 믿어주던 사람은 선생님뿐
이었다며. 그는 내가 기억하는 착하고 쾌활하고 예의 바른
모습 그대로였다.

먼저는 기특했다. 지지리도 공부하기 싫어하더니, 그래
도 마음 다잡고 열심히 노력하는구나 했다. 그러고는 곧바
로 애잔한 마음이 들었다. 앞서 걸어간 우리가 포장해주지
못해 울퉁불퉁한 자갈투성이인 험하고 치열한 경쟁의 길
을 발이 부르트면서도 씩씩하게 걷고 있을 모습이 짠했다.

무려 7등이라니, 얼마나 대단한 성적인가. 그런데도 내
게 7등이라고 말하려니 조금 위축된 듯 보였다. 대체 왜.
선생님이라는 이유로 믿음 뒤에 성적이라는 조건을 붙인
것 같아 미안했다. 어찌 그 아이가 어느 대학을 가느냐에

따라 믿음과 애정이 커지고 작아질까. 한 시간이 지나고 나서야 휴대폰 화면에 글자를 꾹꾹 눌러 담았다.

― 선생님은 네가 지금 하고 있는 그대로도 잘하고 있다고 생각해. 너를 처음 봤을 때만 해도 과연 잘할 수 있을까 막연했는데, 이렇게 열심히 하는 모습을 보니 믿음직스럽다. 서울에 있는 대학을 목표로 하고 진학한다면 정말 좋겠지만, 그렇지 못한대도 너를 자랑스러워하고 믿어줄 테니 괜한 걱정 말아라. 무엇보다 건강을 이기는 우선순위는 없다는 것 명심하고. 스트레스받지 말고 조금만 더 고생하자.

나의 역할은 그의 꿈을 묵묵히 지켜주는 드림캐처, 딱 그 정도다. 나 따위가 잘하라고 말해주지 않아도 잘할 테니 말이다. 잘하고픈 마음이야 본인이 가장 간절할 테니 잘하라고 말하는 건 지겨운 잔소리에 불과했다. 예나 지금이나 무심한 선생님이 해줄 수 있는 거라곤 믿는다는 한마디뿐이었다.

기대어도
괜찮을까

비가 추적추적 내린다. 아침까지 괜찮았는데 치킨집에 도착하자마자 기다렸다는 듯 억수로 쏟아졌다. 문제는 비가 올 줄 모르고 우산을 챙기지 않았다는 거였다.

집에 어떻게 가지, 이제 막 도착했는데 한참이나 남은 퇴근길 걱정을 사서 시작했다. 우산을 사자니 집에 널린 게 우산인지라 어쩐지 아깝고, 그냥 맞고 가자니 정신 나간 사람처럼 보이겠다 싶었다. 괜히 심란해져서는 뒷문으로 걸어나갔다. 비가 얼마나 내리나 확인해보려 손을 쭉 뻗었다. 순식간에 젖어드는 손이 처량했다.

비는 어제도 왔다. 게다가 아침부터 계속. 비 떨어지는 하늘이 훤히 보이도록 투명한 우산을 쓰고 집을 나섰다.

한여름의 장마는 죽어라 싫어하면서, 또 오늘 같은 날의 비는 나름 괜찮은 면이 있다. 이렇게 몇 방울씩 은은하게 내리는 비는 언제고 환영이다. 세상의 모든 소음이 사라진 듯 연약한 빗소리에만 집중할 수 있어서다. 우산을 방패 삼아 빗속으로 들어갔다. 남자 몸 하나 겨우 욱여넣을 좁은 공간이지만, 그게 어딘가. 들어보고, 맡아보고, 손도 뻗어봤다. 손바닥에 고이는 물방울들에 온 세상이 담겼다. 내가 감당할 수 있을 정도로.

조명이 반쯤 켜져 있던 어제의 거리는 기분좋기만 했는데, 어둠 속 방전된 오늘의 거리는 나를 집어삼킨다. 처량하다못해, 감당하기 힘들 정도로 묵직하다.

나는 아직 대담하지 못하다. 내게는 비를 막아줄 우산이 아직 없다. 똑같이 퍼부어버릴 수 있다면 좋을 텐데 여유가 없어 급하고 불안하다. 뭐가 문제인지 알면서도 고쳐지질 않는다. 그래도 일단은 의식하고 있다는 것에 만족하려는 요즘이다. 외면하지 않고 책임감 있게 고치려는 거니까.

차를 타고 출퇴근을 하는 형에게 구조요청을 보냈다.
— 형, 정말 미안한데, 오늘 태워다줄 수 있으실까요.

형은 흔쾌히 그러자고 했다.

남에게 의지한다는 건 참 껄끄러운 일이다. 피해를 주는 무책임한 행동이 싫어서다. 도움을 받은 만큼 돌려줄 수나 있을까? 경영학도의 쓸데없는 효율주의다.

살다보니 세상엔 효율이나 계산에 어긋나는 것들이 퍽 많다. 그중 최고는 사람이다. 기브 앤 테이크라는 기본 공식이 통하질 않는다. 그래서 주는 것에 인색하지 않고, 받는 것에 익숙하지 않은 사람이 되려 한다. 더군다나 나의 곁을 지켜줄 사람이라는 확신이 선다면 더욱이. 조금 손해 보면 어떻고, 조금 염치없으면 어떤가.

홀로 서울살이를 하느라 동기들끼리 계획했던 여행에 참여할 경제적 여건이 되지 않는다는 내게 선뜻 돈을 빌려주겠다고 나섰던 형이 그랬다.

"난 네가 여행비를 빌려줄 수 없느냐고 묻지 않는 게 속상해. 우리가 서로 그 정도도 기대지 못하는 사이는 아니잖아."

내가 기댈 만한 사람이 되기 위해서는, 나도 기대봐야 했다. 무던히 연습하고 있다.

고맙다는
말

    한 방송사의 토크 프로그램 방청에 당첨된 날이었다. 평소 좋아하던 진행자가 맡은 프로그램이라 현장에 직접 가보고 싶은 마음에 신청했는데, 거짓말처럼 초대됐다는 문자가 날아왔다. 마침 동반인이 가능하다기에 잔뜩 신이 나서 친구에게 물었다.

    — 같이 가면 좋을 것 같아. 시간 되면 같이 갈래?

    친구는 잠시 고민하더니, 그러자고 했다. 서너 시간이라는 짧지 않은 시간 동안 여러 명의 이야기가 오갔다. 방송 특성상 중간에 쉬는 시간이 없어 잠깐 집중력이 떨어지기도 했지만, 대부분의 순간들이 잠시의 피로함을 이길 만큼 상당히 의미 있었다. 다만 친구의 흥미까지는 끌지 못한 것처럼 보였다.

방청이 끝나고 나오며 괜찮지 않았냐, 긴 시간 방청하느라 고생했다, 민망함에 떠들어댔다. 시작할 때만 해도 함께 와주어서 고맙다는 마음이 컸는데, 끝나고 나서는 고마움보다 미안함이 커졌다.

　한 달이 지나고 또다시 방청에 당첨됐다는 문자가 왔다. 이번에는 마냥 기뻐할 수 없었다. 막상 누군가에게 가자고 제안하자니 덜컥 겁이 나서 혼자 갈까 한참을 고민했다. 고마움이 미안함으로 바뀌고서 밀려오는 허무함이 꽤나 컸던 모양이다.

　결국 혼자 가기로 결정하고, 늦은 밤엔 친한 형과 술을 마셨다. 혹시나 해서 그에게 갈 생각이 있느냐고 묻자, 본인도 너무 가고 싶은데 자기보다 더 좋아할 것 같은 사람이 한 명 있다고 했다. 매번 방청 신청을 했는데도 당첨됐다는 문자가 오지 않아 우울해했다며 나보고 데리고 가달라고 부탁했다. 당연히 그 부탁에 응했다.

　방청이 진행되는 내내 나는 그가 즐거워하는지 곁눈질할 필요가 없었다. 이미 그는 가기 전부터 상기된 얼굴로 몇 번이고 내게 고맙다는 말을 건넸다.

하기 싫은 건 죽어도 못하겠다는 사람, 하고 싶지 않아도 내가 좋다니 기꺼이 함께해주겠다는 사람, 내가 좋아하는 걸 같이 좋아하는 사람. 섭섭하고, 미안하고, 고맙다. 어째 섭섭하고 미안한 일은 늘어가는데, 고마운 일이 눈에 띄게 줄어간다. 그래서 어색하고 불편할지라도 미안한 게 고마운 거 아니겠냐고 스스로를 설득했는지 모른다.

서로가 행복한 일을 함께한다는 건 정말 어려운 일이다. 그래서 간신히 찾은 그날의 고마움에 달리 할말이 없었다. 하루를 꽉 채웠던 말, 고맙고, 고맙고, 고맙다.

미디엄 레어
인간

　두 시간이 지나서야 몽롱했던 정신에 초점이 돌아왔다. 지독한 약물 냄새, 귀를 찌르는 신음소리, 바쁘게 휘날리는 사람들, 그리고 새하얗게 질려 있는 천장의 민낯까지. 병원은 여전했다. 두 번 다시 오지 말자 다짐했는데, 다시 침대에 누워 있는 꼴이라니.

　일주일 전쯤 잠에서 깨어나자마자 오른쪽 목이 쑤셔왔다. 처음에는 그저 잠을 잘못 잤겠거니 하고 넘어갔다. 간단한 스트레칭으로 증상이 완화될 줄 알았지만, 나아지기는커녕 하루 만에 급격히 악화되었다. 통증이 어깨까지 내려와 조금만 움직여도 바늘로 찌르는 듯한 고통이 일었다. 하필이면 시험 한 주 전이기도 했거니와 병원이라면 죽어도 싫었기에 버티기에 들어갔다. 파스를 덕지덕지 붙이고 강의에 들어가 정신력으로 자리에 앉아 있었고, 끝나고는 사우나로 뭉쳐 있는 통증을 풀어줬다. 이런저런 시도에도 불구하고 몸은 점점 통제할 수 없는 상태가 되어갔다. 머리가 핑 돌고 발이 말을 듣지 않았다. 똑바로 걸으려 해봤지만, 방향감각이 사라져 자꾸 한쪽으로 몸이 기울어졌다. 이러다 어디 부딪혀 죽어도 이상하지 않겠다 싶어 교수님께 양해를 구하고 집으로 돌아왔다.

오후 한시 반에 기절하듯 쓰러졌다 눈을 떴을 땐 어느새 밤 열시였다. 푹 자고 일어나도 몸을 가누기 힘들 만큼 정신 차리기가 어려웠다.

도움을 청하려 휴대폰을 찾았다. 선뜻 연락하기가 쉽지만은 않았다. 자신의 시간을 할애해 진심으로 다른 사람을 걱정하고 도와줄 사람은 그다지 많지 않다는 걸 알기에 그랬다.

한참을 고민하다 평소 자주 진솔한 이야기를 나누는 민준에게 메시지를 보냈다. 죄책감이 들어, 하고 있던 공부는 마저 다 끝내고, 그러고 나서 피곤하지 않으면 와달라는 말을 덧붙였다. 그는 이미 다 끝냈다며 잠시만 기다리라 했다. 얼마 지나지 않아 민준이 본인의 집에서 이것저 것 챙겨 찾아왔다. 따듯하게 데운 사과즙을 들이켜니 서서 히 몸의 긴장이 풀리긴 했지만, 우리는 응급실에 가는 게 나을 거 같다고 판단했다.

겨우 집 근처 대학병원으로 걸어가 진료를 받았다. 도착 당시 체온은 39.7도였다. 40도까지 치솟았다면 위험했을 상황이었다. 얼음팩 두 개를 몸에 끼고 두 시간을 가만히 누워 있으니 체온이 내려갔다. 정신을 차리자 의사선생님 께서 어두운 표정으로 다가왔다.

무슨 상관이지 싶은 질문들이 이어졌다. 벌레 물린 적 있 나요? 여행 다녀온 적 있나요? 앓고 있는 병이 있나요? 그 런 건 없었다. 다만 그런 것이 있었어야만 나타나는 통증 이라고 했다. 증상은 이랬다. 쇄골 부근에 뭉쳐 있는 염증 의 수치가 너무 높고, 혈액 속에 병균이 돌아다니는 상태 라는 것이다. CT를 찍어봐도 원인이 무엇인지 밝혀내지 못 했다. 그랬다. 나의 두번째 희귀병이었다.

열여섯 살에는 뇌형성장애증이라는 희귀병을 진단받았 다. 두개골이 비정상적으로 자라고 있어 뇌를 건드리기 전 에 잘라내고 인공두개골을 붙여야 한다는 게 병원측의 설

명이었다.

수술부터 회복까지의 과정은 그야말로 끔찍했다. 어째서 나에게 이런 일이 일어난 걸까, 원망할 무언가를 찾는 건 헛수고였다. 차마 입 밖으로 내뱉진 못했으나 차라리 죽고 싶다는 생각을 많이 했었다. 머리에 남은 커다란 흉터를 평생 지니고 살아가야 하는 나는 보통 정도만 되기를 바란, 그러나 보통만도 못한 사람이다. 당시에는 다시 떠올리기 싫을 정도로 괴롭고 힘들었다. 하지만 이제와 돌이켜보면 꼭 나쁜 일만 있었던 것도 아니다. 가파른 낭떠러지 그 어딘가에 분명 다시 올라갈 여지가 있을 거라 믿는 나는 시들어가는 스스로를 방관하지 않았다. 치열하게 싸워냈고, 다시 일어서리라 믿었으며, 결국엔 이겨냈다.

사람이 나락으로 떨어지면 의도치 않게 몇 가지 능력이 생긴다. 나는 사람을 보는 눈을 길렀다. 내 편이 되어주는 사람과 내 편인 척하는 사람, 시간을 핑계 삼는 사람과 시간을 내주는 사람, 받는 것이 전부인 사람과 받은 만큼 줄 줄 아는 사람. 그 구분하기 어려운 경계선을 어느 정도 구분하게 됐다.

나의 첫번째 희귀병에는 나밖에 없었다. 그러나 나의 두 번째 희귀병에는 내 곁에 한 사람이 있었다. 서로의 고민을 기꺼이 나누는, 내가 하는 일을 존중해주는, 중요한 일을 뒤로하고 달려와주는, 입원을 결정한 새벽 다섯시까지 곁을 지켜준 한 사람이 있었다.

이름조차 모르는 희귀병을 발견하고 강한 트라우마로 남아 있는 병원에 팔 년 만에 돌아와 병실 침대에 누웠다.

첫번째 희귀병을 앓았을 땐 죽고 싶다는 생각까지 들 정도로 힘들었다. 하지만 이번엔 죽고 싶다는 생각은 추호도 없었다. 적어도 나만큼이나 나를 걱정해주는 사람들이 있음에 아직은 더 살 만하겠다고 마음을 다잡았다. 미디엄이라도 되고 싶지만, 강제로 레어가 되어버린 이 삶이 그래도 내가 사랑하는 사람들로 인해 미디엄레어쯤으로 건너갈 수 있지 않겠냐고 말이다.

당신이라는 여행

나는 쉬는 게 참 어렵다. 몸이 이리저리 움직여야 살아 있음을 느끼는지 한시도 가만히 있질 못한다. 그래서 이쯤에서 잠시 멈춰 서자는 결심을 하기까지 많은 숨이 걸린다. 쉬는 것 역시 타이밍이라는 게 있어 때를 놓치면 걸음을 멈추기가 쉽지 않다. 남들이 쉬어가면 앞서가고 싶은 욕심에 계속 걷고, 남들이 걸어가면 뒤처지는 것 같은 조바심이 들어 쉬어가지 못한다. 그렇게 스물일곱 해를 달려왔다. 연말병이 도져 내년에는 쉬어보겠다고 치밀하게 계획을 세워보지만, 또다시 실패하고 말 거란 걸 이미 알고 있다. 나라는 인간에 익숙해진 지 오래다. 나는 여전히 최선을 다해 돌아다닐 것이다.

쉬어야 한다는 말이 강박으로 다가오는 순간이 있다. 쉬는 것만큼은 휘둘리고 싶지 않았다. 마음의 풀이 온통 죽어 손끝 하나 까딱하기조차 싫어지는 순간에 실컷 쉬어가자고 스스로를 다독였다. 그런 의미에서 올해를 시작하는 겨울에는 꼭 쉬어야만 했다. 쉬지 않으면 몸과 마음이 꼬여 서로의 힘듦을 헤아리지 못했다.

엄마는 내게 쉬어가는 게 어떻겠냐고 물었다. 정 필요하면 자기가 말하겠거니 하고 웬만하면 간섭은 하지 않으려는 엄마의 눈에도 그때가 아니면 제대로 쉬어가기 어려워 보였나보다.

마지노선과도 같은 기회였다. 아주 잠시 고민했다. 그리고 계속 가보겠다고 말했다. 주변으로부터 어떤 이유에서 쉬지 않았느냐는 질문을 많이 받았다. 그들에게 이렇게 대답해주고 싶었다. 전부 다 당신 때문이라고. 내가 지금 쉬어가면, 지금이어야만 만날 수 있는 사람들을 놓치는 건 아닐까? 내가 지금 쉬어가면, 당신과 보낼 수 있는 시간을 놓치는 건 아닐까? 내가 쉬었더라면, 당신을 만날 수 있었을까?

우리는 자신도 모르는 사이에 어떠한 선택을 하며 살아

간다. 나는 내가 할 수 있었던 모든 가정들을 포기하고 당신이라는 확신을 선택했다. 나에게는 당신이 휴식보다 소중했다. 당신이 있음으로 인해 희귀병과 씨름했던 두 번의 혹독한 겨울을 이겨내고 돌아오는 봄을 여느 누군가처럼 당연하게 맞이할 수 있었다. 그러니까 언제 없어져도 이상하지 않은 이 하찮은 목숨 하나가 당신들이 나눠준 조금씩의 온기를 염치없게 덥석 받고 겨우 부지할 수 있었다. 그런 당신을 어찌 가정문 속에 집어넣고 비교할 수 있을까.

나는 내 나름의 방식대로 쉬어가고 있었다. 휴식이라는 게 꼭 아무것도 하지 않아야 하는 것은 아니다. 내가 사랑하는 일을 하고, 사랑하는 사람들을 만나는 것이 내게는 엄청난 휴식이다.

누군가 내게 그랬다. 쉬면서 여행이라도 가는 건 어떻겠냐고. 훌쩍 여행을 떠났다면 어땠을까 상상해본다. 어쩌면 정말 좋은 휴식이 됐을 거란 생각이 든다. 하지만 후회 따위는 없다. 나에게는 쉬어가는 시간을 포기하고서 만났던 당신이 하나의 여행이었으니까. 내 곁을 지켜준 한 명 한 명 모두가 나의 여행이자 여행지였다. 나는 여전히 최선을 다해 당신을 돌아다닐 것이다.

그동안 당신이라는 근사한 여행을 꾸준히 다녔다. 당신을 거닐 수 있음에 감사한다.

꿈이
저문 날

인스타그램 팔로워 수, 나의 글을 책으로 내기 위해 필요한 조건이었다.

내가 써내는 글에 관심이 있다던 어느 출판사의 에디터와 만나기로 한 날이었다. 어느 때보다 좋은 글을 써보려 머리를 싸매고 고민했기에 어렵사리 찾아온 기회를 반드시 잡아야겠다는 다짐으로 집을 나섰다.

유난히 바람이 세차게 부는 바깥 날씨와는 사뭇 다른 안락한 카페로 들어섰다. 따라 들어오려 발버둥치는 바람이 창문에 부딪혀 덜그덕거렸다. 덕분에 리듬을 맞춰 내 마음도 설렘으로 뛰기 시작했다.

사람은 누군가 자신의 존재를 알아주길 바란다. 글 또한 마찬가지다. 글을 쓴 사람의 마음과 생각이 오롯이 담긴 글은 누군가 읽어주고, 고개를 끄덕이고, 마음에 꽂아주어야 존재의 의미가 생긴다. 나는 삼 년간 사람들의 마음에 들어가기 위해 부단히 애써왔다. 그런 마음이 통하지 않은 걸까. 에디터는 도착하여 내게 이런 말을 하셨다.

글의 제목도 좋고, 글의 내용도 좋고, 작가님이 가지고 계신 생각도 너무 좋은데, 요즘은 아무래도 SNS 파급력이 중요하잖아요. 혹시 인스타그램이나 페이스북 팔로워 수를 늘려볼 생각은 없으신가요?

앞서가는 사람들의 뒷모습을 바라보며 조금 느리더라도 포기하진 말자 다짐해온 나였다. 첫번째 계약이 어그러졌을 때나 상업적 입맛과는 다른 글을 쓸 때나 좌절하지 말고 꾸준히 해보자 다짐해온 나였다. 그런 내가 처음으로 글이라는 것을 그만 써야 할지도 모르겠다는 생각이 들었다. 정말 계속해서 쓰고 싶었다. 하지만 더이상 연필을 들어올릴 힘도 용기도 남아 있지 않았다. 한동안 아무 일도 하지 못하고 방 안에 처박혀 우울함을 순순히 받아들였다.

덤덤한 척해보려던 무표정에서 느껴졌던 걸까. 친구가 바람이나 쐬자며 나를 끌고 밖으로 나갔다. 꿈이 저문 날 밤, 한산한 고속도로를 거침없이 내달리는 자동차 안에서 창밖을 내다보았다. 내쉬는 기다란 한숨처럼 낮은 끝도 없이 늘어졌다.

여름으로 들어서기 직전의 늦봄은 여덟시가 넘어서도 어두워지기를 거부했다. 창문을 내리고 저녁 하늘이 내쉬는 날숨을 한껏 들이켰다. 유난히 더웠던 하루를 식혀주는 밝은 바람이 느껴졌다. 조금씩 푸르게 어두워져가는 밤하늘을 지긋이 바라보며 약해진 마음을 털어내려 애썼다. 나는 단순한 인간임을 새삼 깨닫는다. 고민이 가득한 와중에도 고민을 하며 느끼는 찰나의 감상이 퍽 좋은 글감이겠다 싶었다. 병인가, 웃음이 나왔다.

서둘러 집으로 돌아와 몇 마디 끄적였다. 늦은 새벽까지 맑은 눈을 유지하다, 글을 다 쓰고 나면 나도 모르게 마음의 커튼이 스르르 닫힌다. 이제는 뇌에서도 밤에 중독된 부엉이의 패턴을 인식하고 있나보다. 낮에는 집중이 잘되지 않고, 번뜩이는 무언가가 없는 편이다. 그런데 밤만 되면 하루의 감정이 어디선가 마구 날아와 가슴을 두드려댄다. 하루의 경계가 밤의 중심이라서 그런 건 아닐까.

자정을 넘기면 새로운 하루가 시작된다. 그 미세한 변화를 늦게나마 받아들였다. 그동안 꿈이 저문 수많은 날 동안 땅만 볼 줄 알았지 저 위를 올려다보지 못했다. 왜 그리 고개를 숙이고만 있었는지 모르겠다. 잠을 청하려 눕는 것만이 위를 바라볼 수 있는 유일한 방법이라니, 퍽퍽함이 차오른다.

눈을 감은 세상에는 아무것도 없다. 하지만 눈을 뜨고 올려다본 하늘에는 매혹적인 것들이 퍽 많다. 꼭 하얀 도화지에만 그림을 그릴 수 있나. 까만 도화지에도 얼마든지 그림을 그려낼 수 있다. 그러니까 밤하늘은 뭐랄까, 무심한 듯 세심하다. 뭐라고 설명하기 힘든 무언가가 꿈틀거린다. 딱 떨어지게 정의하기 힘든 답답함에서 오는 짜증이 아니다. 이건 기분좋은 몸부림에 가깝다. 같은 시간, 같은 어두움, 같은 경계에 찾아오는 녀석이 다른 감정, 다른 감상, 다른 느낌을 건네준다. 하늘에 까만 물감을 쏟아낸 게 미안해 환하게 빛나는 무수한 별들과 달 하나를 점찍어준 것 같다. 새까만 하늘도 이토록 찬란할 수 있다고 말하는 거겠지.

지금까지는 그저 밤이 되었음을 아쉬워했다. 일상에서 할 수 있는 대부분의 것들이 밝은 낮에만 가능하다고 여겼다. 그런데 그 대부분 일이나 학업에 시간과 에너지를 소비하다보면 정작 내가 하고픈 무언가를 하지 못했다는 생각에 시무룩해졌다. 지금은 그렇지 않다. 밤에도 충분히, 어쩌면 낮보다 더 많은 것들을 해낼 수 있다. 이렇게 글을 쓰는 것만 해도 그렇다. 감정에 조금 더 솔직하고, 마음속 깊은 이야기를 기꺼이 꺼내게 되고, 누군가의 조용한 읊조림에 귀를 기울이게 된다.

머리가 시키는 대로 움직이는 인간이란 존재인 나에게는 상당히 역설적인 일이다. 내가 행하는 일련의 움직임이 뇌에서 내린 명령이라 생각하지 않는다. 내가 사랑하는 일만큼은 가슴이 본능적으로 움직이게끔 하는 거라 믿는다.

손에 잡힐 것만 같은 아득한 하늘을 바라보며 반성해본다. 하루의 경계선을 향해 달리며 자정의 밤하늘을 놓아버리려 했다. 홧김에 내뱉는 거짓된 마음을 경계해야겠다. 누구에게나 동등하게 허락된 자유의 시간이다. 그 시간마저 무언가를 의식하며 자신에게 솔직하지 못할 이유는 없다. 그래서 이 순간에 감사한다.

하루의 경계에 우두커니 서서 지나가버릴 지금을 읽고 또 쓴다. 밤하늘에 떠 있는 달빛이 주는 따뜻한 용기에 힘입어 그처럼 언제나 그 자리에 꾸준히 머무르고 싶다. 그럴 수 있을까 고민하면서도, 그러고 싶다는 마음을 속이지는 않으련다.

꿈이 저문 날 밤, 하늘은 여덟시가 넘어서도 여전히 푸르렀다. 뜨거운 여름이 주는 특권을 저버릴 수 없어 다시 꿈을 꾼다. 문득 내가 살아가는 어느 순간이 머리 위에 떠 있는 까만 밤하늘처럼 느껴지곤 한다면, 밤에 할 수 있는 일들이 낮만큼이나 넘쳐난다는 사실을 알았으면 좋겠다.

자신을
잃지
말아요

글을 쓰기 시작한 지 어느새 삼 년 반이다. 긴 시간 동안 글을 쓰며 멈춰 서고 주저앉는 일이 꽤 있었다. 아무리 봐도 나 자신이 모자라 보였다. 누구에게나 찾아올 수 있는 슬럼프란 것을 의연하게 넘기기가 어려웠다. 내 앞가림 정도는 알아서 하는 게 맞다고 생각했기에 갈수록 다급해졌다. 자신감은 떨어져갔고, 열등감은 높아져갔다. 주변의 돌아오라는 손짓에 자존심이 상해도 딱히 반박 거리가 없을 걸 알기에 더 초라했다.

어설픈 변명은 싫어 정말 멋진 이야기를 담아내고 싶었다. 나라는 사람의 속을 무엇으로 채울까 고민했고, 고민의 답을 다른 사람에게서 찾으려고 했다. 나도 알고 있다.

이미 완성되어 인정받고 있는 건 그대로 따라 하고픈 어긋난 욕심을 넘어, 나는 아무리 애써도 저기까지 갈 수 없을 텐데 하며 고개를 숙이고 말 거란 걸.

그대로 일어나 바깥바람을 쐬러 산책을 나갔다. 바닥을 뚫어져라 바라보며 하염없이 걸었다. 새까만 어둠에 어디서 왔는지 모를 잡념이 불어와 고개를 서너 번 세게 내젓고는 다시 어디로 가야 할지에 대해서만 집중했다.

한참을 걷다 역시 이건 아니다 싶었다. 고민하고 있는 건 난데, 어떻게 남에게서 답을 찾을 수 있단 말인가. 도둑놈 심보였다. 다른 이의 무게를 감히 감당할 자신도 없으면서, 허공에 팔을 휘두르며 헛심을 쏟고 있었다.

내가 주저앉은 것이 끝이 아니라 실은 하나의 과정이라면, 나는 남을 따라 하는 게 아니라 치열하게 고민해야 했다. 더군다나 다른 사람이 입은 옷이 멋있어 보인다고, 내가 그 옷을 입으면 덩달아 멋져질 리 없었다. 나에게 가장 잘 맞는 옷은 내가 직접 만들어 입는 옷이다.

과정에 대한 고민 없이 정답만을 갈구하다보니 애초에 무엇을 원했던 건지 잊고 있었다. 나를 채울 이야기를 찾으려던 것이지, 남에게서 뺏을 것을 찾으려던 게 아니다.

그렇게 쉬운 일이었다면 이토록 고민하지도 않았을 거다.
나는 나다. 그 누구도 아니다.

　내 인생의 타이틀곡은 남에게 넘겨주고서, 정작 나 자신
은 수록곡쯤으로 여기고 있었다. 나라는 앨범에 실린 이야
기들은 모두 수록곡이자 타이틀곡이다. 내가 주인공이기
에 어느 하나를 타이틀이라 구분하여 이름 붙일 필요는 없
다. 대중적으로 인정받는 가사와 멜로디야 당연히 존재하
겠지만, 가끔은, 아니 자주 수록곡에 담긴 가사와 멜로디
가 훨씬 더 가슴에 와닿을 때가 있다.
　네모난 앨범 안에 숨쉬는 한 사람의 메시지 하나하나가
모두 귀중한 이야기다. 내가 가진 고유의 정체성을 잃고
싶지 않았다. 다행히 나의 자리를 되찾았고, 예전과 다름
없이 여전히 나아가고 있다. 나는 누가 뭐라 하건 정말 멋
진 일을 하고 있노라고 외칠 수 있다.

　사전은 걱정과 고민을 비슷한 의미로 설명한다. 하지만
내가 내리는 걱정과 고민의 개념은 엄연히 다르다. 걱정은
이전에 해오던 일이나 앞으로 해나갈 일들에 대한 심적 괴
로움을 떠안고 전전긍긍하는 것이고, 고민은 이전에 해오

던 일이나 앞으로 해나갈 일들에 대한 심적 괴로움을 이겨
내고 발전하기 위해 발버둥치는 것이다. 우리는 걱정이나
고민 따위를, 하는 것만으로도 창피하고 무기력하다 여긴
다. 그래서 가까운 친구나 가족들에게 선뜻 털어놓지 못하
고 혼자서 끙끙 앓는다. 나는 그 누구보다 용감하기를 내
가 나이기를 간절히 바라는 사람들의 손을 잡고 이렇게 말
해주고 싶다.

걱정 말아요. 고민은 얼마든지 해도 되는 거예요. 충분히
이겨낼 수 있어요. 저는 그래도 아직 쓰는걸요. 우리, 자신
을 잃지 말아요.

내가 나로 살아간다는 것

요새 내가 푹 빠진 카레 가게가 있다. 카레를 그다지 즐겨먹지 않는 내가 카레 잘하는 가게를 안다고 앞장서면 다들 놀라곤 한다. 나를 사로잡은 건 이 집의 카레맛이 좋은 것도 한몫했지만 '셀프'의 진정한 의미를 깨닫도록 해줬다는 게 크다. 이 가게는 요리부터 서빙까지 전부 사장님 혼자 운영하신다. 덕분에 물이나 반찬은 웬만하면 손님이 가져다 먹는다. 원하는 걸, 원하는 만큼.

홀에 직원을 두지 않고 셀프로 운영하는 이유가 있냐는 뜬금없는 질문에 사장님께서 그랬다. 손님이 원하는 걸 제가 다 알 수는 없으니까요. 하긴, 내 입맛에 대해 나보다 더 빠삭한 사람이 있을까. 여태껏 바빠서, 귀찮아서, 남을까봐서 물이나 반찬을 최소한의 양으로 주거나 셀프 시스템을 운영한다고 생각했다. 적어도 이 카레 가게가 셀프로 돌아가는 건 세심한 배려이자 존중이다.

대학교를 다니며 배운 가장 큰 깨달음은 대학생활이 분명 행복하고 즐겁지만, 내가 찾던 이상향은 아니라는 것이다. 세상 모든 꿈이 내 것이던 고등학교 시절, 수많은 가능성을 내팽개치고 성적에 맞춰 문과에서 성적이 가장 높은 위치에 있던 경영학과에 진학했다. 마치 공부가 특기인 것처럼 여겨졌고, 흥미가 있었던 것은 성적이 아깝지 않냐는 우려에 치여 떨어져나갔다. 그렇게 나는 세상에 허락을 맡아가며 꿈을 꾸고 있었다. 그래서 휴학을 하고 고향으로 내려간 이 년간 잊어버린 꿈을 찾아 헤맸다. 잊힌다는 건 참 잔인한 일이다. 자신을 기억하던 사람에게 잊힌다는 것은, 그 사람의 세계에서 의미를 잃고 사라진다는 것을 뜻하니까.

하고팠던 게 무언지 더듬어보자 결심한 와중에도 현실이 요구하는 것들에 집착했다. 물론 컴퓨터 자격증을 준비하며 정말 이건 아니다 싶은 마음이 더욱 확고해졌다. 그래서 이번에는 다른 누구도 아닌 내 안의 나에게 물었다. 가슴이 하고 싶어 안달하는 일이 대체 뭐냐고.

나는 나의 이야기로 누군가에게 희망과 자신감을 주고 싶었다. 나와 같이 백 없고, 대책 없고, 평범하기 짝이 없고, 뭣도 없는 사람도 해낼 수 있다는 이야기를 종이 위 글자로 남기고 싶었다. 그런 건 돈이 안 된다는 진부한 조언 따위 모른 척하고서라도. 그래서 블로그에 '나라는 사람을 종이 위 글자로 남기고픈 큰 꿈이 있습니다'라는 자기소개를 내걸고 무작정 글을 쓰기 시작했다.

내가 나로 살아간다는 것이 왜 이리도 힘이 드는 건지 모르겠다. 나에 대한 부모님의 기대, 나를 향한 사람들의 시선, 나보다 앞서 나가는 친구들에 대한 열등감. 다 부질없는 것임을 알고서도 세차게 부는 바람에 마음이 시려온다. 하지만 오늘도 따뜻한 집을 나와 차디찬 세상으로 나왔다. 진짜 나로 살아가기 위해, 인생이 셀프라는 사실에는 변함이 없으므로.

생산적인 일을
해야 하나?

"반주나 한잔할까?"

점심때부터 저녁에는 고깃집을 가자고 노래를 부르던 그가 나를 보자마자 물었다.

"갑자기?"

"그냥. 술이 당기네."

"그럼 그러지 뭐."

나도 망설임 없이 그러자 했다.

고민이 있다거나 울적한 일이 있어서는 아니었다. 주방에서 치킨을 튀기는데 행복하지 않다고 말하면 나는 아마 한국에 살고 있는 대부분의 사람들에게 한 대씩 맞았을지도 모른다. 그날은 정말 그냥, 아무 이유 없이 술이 고픈 날이었다. 그냥보다 더 좋은 이유는 없었다. 우리는 기꺼이 예정에 없던 계획으로 걸어갔다.

 평일이라 그런지 가게가 텅 비어 있었다. 대신 대부분 예약석으로 가득차 있었다. 예약석 틈 비어 있는 자리에 자리잡았다. 사장님은 예약 손님들이 몰려오면 불편하지 않겠냐며 자리를 옮겨주겠다고 했지만, 우리는 괜찮다고 했다. 잠시의 한가함이 퍽 나쁘지 않았고, 곧 다가올 북적거림 역시 느끼고 싶었다.

 불판에 고기를 올려두고 소주 한 병을 비웠다.

 "그래, 이거지."

 그의 미소에 나도 웃었다. 조그만 잔 안에 담긴 술, 그 씁쓸한 맛에 느끼는 행복. 별거 아닌 거에 웃고 마는 우리였다.

 유독 그와의 만남이 잦던 시기였다. 공부에, 취업에, 아르바이트에 겹치는 것이 많아서였다.

 한참 이야기를 나누다, 대뜸 그가 그랬다.

 "요즘은 뭘 해도 재미가 없네. 심지어 게임을 해도 그저 그래."

 "왜 그러는 거 같은데?"

"몰라."

"생산적인 일을 해야 하나?"

장난으로 툭 던진 말이었는데, 막상 생산적인 일이 대체 뭘까 궁금해졌다. 내가 학교를 다니고 아르바이트를 하면서도, 늦은 밤에는 꾸준하게 글을 쓰는 것을 생산적인 일이라 할 수 있는 걸까? 그도 그가 만족할 만한 무언가를 찾아낸다면 그건 생산적인 일이라 할 수 있는 걸까? 아무리 생각해도 부담스러웠다. 생산적인 일이라니. 그것만큼이나 거창하고 무책임한 말이 없다.

마음 맞는 사람과 마주앉아 고기에 술 한잔 기울이는 지금 이 순간처럼, 사람을 만나는 순간이야말로 생산적인 일이 아닌가. 나이가 들면 아무리 가까운 사이라 해도 지금만큼 함께할 수 있는 시간이 길진 않을 텐데, 여유 있을 때 많은 사람을 만나는 것이 내가 할 수 있는 최고의 생산적인 일이라는 생각이 들었다.

누군가는 아직도 철이 안 들었다고 혀를 찰지 모르겠다. 사람들이 말하는 철듦이 자신의 시간과 주위의 소중한 사람들을 포기해가며 돈을 벌기 위한 과정에 집착하는 거라면, 나는 철들기를 정중히 사양하겠다. 더 부지런하고, 더

양보하고, 더 성공하는 것. 그게 꼭 어른이 갖춰야 할 조건은 아니다. 우리가 어른이라는 이유로, 맞이하는 것보다 떠나보내야 하는 것들이 너무나도 많다. 나는 아직 어린것 같으니 부족한 철은 우유로 보충하며 쑥쑥 자라야겠다.

윤종신의 노래 〈나이〉에는 '안 되는 걸 알고 되는 걸 아는 거'라는 가사가 있다. 어른이 된다는 건 그런 걸까? 보통 사람은 채 두 자리도 넘기지 못하는 나이의 인생을 산다. 그래서 나는 굳이 나잇값 하며 살아가지 않기로 했다. 얼마 되지도 않는 일생의 여정을 나잇값이라는 틀에 가둬두기가 아까워서다.

어른이라고 달라지는 건 없다. 똑같이 놀고 싶고, 똑같이 자유롭고 싶고, 똑같이 가지고 싶고, 그리고 똑같이 내일이 아프다. 해야 할 것이 정해져 있던 어제에 비해, 해야 할 것들을 만들어내야 하는 책임이 생긴 내일은 걱정이 한가득이다. 괜한 걱정으로 끙끙 앓을 바에야, 어제가 될 오늘, 친구와 함께 내일의 험담이나 실컷 해대면 억울하지라도 않을 거다.

그에게 그랬다. 우리 자주 보자고. 아니, 내가 아니더라도 사람들을 자주 만나라고. 뭘 해야겠다는 생각에 급해지지 말고, 다른 누군가를 만나 서로를 나누다보면 우리 모두 저절로 생산적인 무언가를 하고 있을 거라고.

그는 술잔을 부딪치는 것으로 대답을 대신했다.

"너랑은 꽤 자주 마신 것 같아. 진짜 이럴 수 있는 사람이 몇 명 없어."

"아무래도 서로 통하는 게 있어야 하잖아. 한 명 더 있는 게 뭐라고, 두 명 다르고 세 명 다르다. 그렇지?"

둘이서도 술이 마셔진다는 말에는, 여럿이서 있으면 쉽게 꺼내기 힘든 이야기들이 너에게만은 꺼내진다는 믿음의 표현이 담겨 있다. 그가 나에게 생산적인 일이 무엇인가에 대하여 물은 까닭이 뭘까? 우리는 알게 모르게 맞물려 돌아가는 서로의 동력이 되어주던 건 아니었을까. 그렇다면 우리의 만남보다 더 생산적인 일은 없겠다.

뜬금없는
혹은
무조건적인

올해 첫눈은 11월의 발끝으로 내려왔다. 12월이 되려면 날짜상 나흘이나 남았지만, 올해의 마지막을 장식할 겨울도, 또 내년의 시작을 알릴 겨울도 머지않았다 예고해주듯 첫눈이 나풀거리며 쏟아졌다. 첫눈의 이른 방문을 예상하지 못해서인지 더욱 반가웠다.

눈이 오면 날씨는 도리어 포근해진다고 하는데, 아마 기온의 영향뿐만은 아닐 거다. 춥고 시린 겨울에 한 폭의 위로가 되어 내리는 하얗고 순수한 눈, 눈이 내리는 풍경만으로도 피부로 와닿는 온도와 상관없이 사람들의 마음은 포근할 거다. 동심이란 말은 이런 의미가 아닐까. 따스한 겨울의 마음, 그리고 어린아이의 마음. 나는 잠시 동심으로 돌아갔다.

따뜻한 커피 한잔을 손에 쥐고 의자에 앉아 오전 내내 창밖을 멍하니 바라봤다. 그러다 문득 창틀 속 풍경에 갇힌 눈의 모습을 보는 게 억울해 무작정 밖으로 나갔다. 나를 둘러싼 사방의 풍경을 두리번거리며 걸었다. 눈으로 찍어내는 사진에 눈만은 쉼 없이 내리고 있었다. 칙칙한 회색빛의 건물들 사이로 내리는 눈만으로 매일 보던 풍경이 금세 낯설어졌다. 낯섦은 곧 설렘으로 바뀌었다. 매년 보는 풍경이 뭐가 그리 황홀한 건지. 정해진 목적지 없이 한참을 걸었다.

얼마나 걸었을까. 급하게 나오는 바람에 몸이 슬슬 떨려왔다. 더군다나 배가 고팠는지 쌀쌀한 날에 어울리는 뜨끈한 우동이 떠올랐다. 잠에서 깨어나자마자 보이는 하얀 눈에 들떠 끼니도 잊고 나왔으니 배가 고플 만도 했다.

평소에 자주 가던 단골 국숫집을 지나쳐 한 번도 가보지 않은 낯선 국숫집에 들어갔다. 언제 한번 가보자 생각만 하고서 맛은 있을지, 입맛에는 맞을지, 사장님은 친절하실지 하는 온갖 두려움에 가보지는 못했던 곳이다. 왜 하필 첫눈을 본 날 용기가 났는지, 대단한 이유는 없었다. 어쩌면 새로운 국숫집에 대한 낯섦도 눈으로 인해 낯설어진 풍

경과 별반 다르지 않을 것 같았다. 낯섦이 두려움이 아닌
설렘으로 바뀔 거라는 기대를 품고 들어갔다.

　가게 안의 손님은 내가 유일했다. 항상 인산인해를 이루
는 대학가에서 모처럼 여유롭게, 그것도 홀로 우동을 먹었
다. 첫 숟가락에 듬뿍 담긴 국물과 함께 생각나는 것들이
있었다.

　눈과 우동, 술과 사랑하는 사람들. 혼자 먹는다는 외로움
때문에 연상된 건 아니었다. 내가 보고 먹으며 행복해하는
일상을 나누고픈 마음이었다. 떠올리는 나조차도 알지 못
하는 연관성으로 마구 부풀어오르는 얼굴들이 머릿속을
가득 채웠다. 술이야 우동과 퍽 어울리는 음식이니 그렇다
쳐도 눈이나 우동으로 보고픈 사람들이 떠오르는 건 당연
하면서도 당연하지 않았다. 우리의 추억 속 그 어떤 순간
에도 눈과 우동은 함께한 기억이 없다. 하지만 우리가 함
께했더라면 얼마나 좋았을까 하는 상상만으로도 웃음이
나왔다.

　결국 휴대폰을 집어들었다. 일주일 동안 얼굴을 보지 못
한 친구가 보고 싶어져서. 그는 내가 대학교에 들어와 사

권 사람들 중에서 가장 친하다고 말할 수 있는 친구다. 이 년간 휴학을 한 나와 달리 계속 학교를 다니던 그였기에 시간이 맞지 않아 우리는 예전만큼 자주 만나지 못하고 있었다. 눈이 펑펑 내리는 낮에 뜬금없는 메시지를 보냈다.

— 밤에 술 한잔할까?

신기하게도 거의 동시에 그에게서 메시지가 왔다.

— 술 한잔할까?

역시 우리는 마음이 잘 맞았다. 척하면 척, 바로 약속을 잡았다. 혹시 그도 눈을 보며 나를 떠올린 걸까.

사랑이란 뜬금없는 혹은 무조건적인 연상, 어느 것, 어느 순간, 어디에서건 떠오르는 일. 그 알 수 없는 법칙 속에 존재한다. 우리의 마음은 우리가 애써 기억하려 하지 않아도 결코 잊히지 않는 연상 속 장면들을 소중히 품고 있다. 나, 그, 그녀, 그리고 우리는 그렇게 서로를 사랑하며 살아간다.

낮에도
달이 뜬다

12월은 참 오묘한 달이다. 분명 겨울인데, 겨울이라는 사실을 이따금씩 잊어버리곤 한다. 날이 추워질수록 사람들 사이의 거리는 가까워지고, 연말에는 새해를 맞이하며 서로에게 건네는 축복이 가득해서겠지.

올해는 이렇게 끝이라는 걸 알고서도 아쉬움이 남아 몰랐던 척해본다. 괜히 손가락을 하나씩 접어가며 가을이 몇 월까지였더라 세보고는 그제야 지금이 겨울이구나 깨닫는다. 그래도 12월 덕분에 따스한 겨울이 좋아진다. 올해의 마지막도, 내년의 시작도 겨울임에는 변함이 없어서다. 애틋하기도, 아련하기도 하다.

그런 겨울에 서운한 점이 딱 하나 있다면, 오후 다섯시만 되어도 해가 일찍 들어갈 준비를 한다는 거다. 낮과 밤이 서로 얼싸안아 꼭 하늘의 얼굴이 봉숭아 물들인 듯 연약한 다홍빛을 띠던 어느 오후, 아르바이트가 평소보다 조금은 늦게 끝난 날이었다. 피로가 몰려왔지만, 동네 한 바퀴 정도는 괜찮을 것 같아 공연히 먼길로 돌아 나섰다.

몸에 열이 많은 나에게 겨울은 걷기 딱 좋은 계절이다. 그래서 웬만한 거리는 걸어다니려 노력하는 편이다. 특별한 이유는 없었다. 좋아해야 하는 것에 이유를 찾고 좋아하는 사람도 있던가. 마음은 머리보다 훨씬 충동적이고 감성적인 녀석이라 따지기 시작하면 끝이 없다. 그런 녀석에게 이유를 묻는 건 꽤나 큰 실례다.

걷다보니 어느새 집 앞 사거리 신호등 앞이었다. 우두커니 멈춰 선 게 민망해져서는 주머니를 뒤적거려 휴대폰을 꺼냈다. 정확히 네시 삼십분이었다. 다시 휴대폰을 집어넣고 하늘을 올려다봤다. 유난히 구름이 많았다. 낮달을 보고팠는데, 겨울이라 추위를 타는 건지 얼굴 보기가 힘들었다. 여름에는 언제고 떠 있던 녀석이다.

낮달을 봤던 예전과 똑같은 자리, 심지어 시간도 비슷했다. 새어나오는 한숨을 그대로 푹 내쉬고는 그때를 떠올렸다. 낮달이 커다란 힘으로 다가오던 그날을.

몸에 열이 많은 나에게 여름은 걷기에 최악인 계절이다. 하지만 그날따라 걷고픈 마음이 일어 거리로 나섰다. 옆을 빠르게 스치는 버스를 멍하니 바라보며 머릿속으로 애써 신경쓰지 말자 다독였다. 어느새 몸은 땀으로 흥건히 젖어갔다. 지칠 대로 지쳤는지 까만 도로 위로 피어나는 아지랑이처럼 몸이 흐물거렸다. 그럴 줄 알고 있었으면서도, 그렇지 않을 수 있다는 희박한 가능성을 믿고 걷자 결심한 스스로를 나무랐다. 언제나 그 조그마한 희망의 노예가 되어 불편한 길로 나서는 버릇은 나중이 되어서도 버리지 못할 것 같았다.

하염없이 걷다보니 집 앞 사거리 신호등 앞이었다. 이제 다 왔다고 기뻐해도 될 텐데, 쓸데없이 후회가 밀려왔다. 괜히 걸었나, 미련으로 걸어온 길을 뒤돌아보는 미련한 나였다. 고개를 세차게 흔들어 땀을 털어내고 하늘을 올려다봤다.

해가 질 무렵의 다홍빛의 하늘이 시야를 가득 채웠다. 아직 해가 떠 있는 늦은 오후, 동그란 달이 덩그러니 놓여 있었다. 그 모습이 마치 혼자 우두커니 멈춰 선 나를 보는 듯했다.

달은 집으로 돌아가는 해에게 인사라도 하려는 것이었을까. 그러고 보니 달은 아직 밝은 오후에도 해를 위해 나와 있었다. 해가 다시 집에서 나올 때도 그 모습을 지켜보다 들어갔다. 어쩌면 그렇게도 너그러울까. 해는 어둑해진 밤에는 나오지 않는데.

나는 해에 가깝다. 뜨겁고, 급하고, 가끔씩은 이기적이기까지 하다. 한껏 상기되었던 얼굴이 이내 차분히 가라앉았다. 조용히 떠오른 달을 보며 머리를 긁적였다. 눈부심을 이겨내고 마중나와주어 어찌나 고맙던지. 갑자기 불어오는 바람은 꼭 열을 식히라는 달의 두드림 같았다. 초록불이 켜지자마자 횡단보도로 발을 내디뎠다. 달은 여전히 그 자리에 머무르고 있었다.

어찌된 일인지 겨울에는 낮달의 모습을 찾아보기가 힘들어졌다. 그날처럼 땀이 흥건하진 않았어도, 여전히 모자란 내 모습이 부끄러워 낮달이 그리워지던 참이었는데. 그래도 달은 나보다 더 많은 위로가 필요한 누군가의 위에서 매일 같은 자리에 머물고 있을 거란 믿음이 들었다. 마음에 여유의 자리를 마련해두지 못해 땅만 뚫어져라 쳐다보며 탓할 무언가를 찾고 있었던 건 아니었을까 반성했다.

지금 그대로도 충분한 스스로를 너무 괴롭혀왔다. 낮에는 치킨 반죽을 하고, 밤에는 취업 준비를 하고, 새벽에는 글을 쓰는 나는 뻔뻔하지만 누가 뭐래도 멋있는 하루를 살아내고 있었다.

나의 이 보잘것없는 하루가 자신의 어느 순간이 차디찬 겨울이라 느껴지는 누군가에게 낮달이 되어주길 바라본다. 나 역시 누군가에게 낮달과 같은 존재가 될 수 있길 간절히 염원한다. 들어주고, 웃어주고, 울어주고, 손잡아주고, 토닥여주고, 지금 그대로도 충분한 우리가 지금 그대로도 충분한 하루를 보냈다고 말하고 싶다.

하늘에 낮달이 떠 있다면 하늘의 낮달에게, 우두커니 멈춰 서 있다면 멈춰 선 자신에게 되뇌며 살아가자.

집으로 돌아와 옷을 갈아입고 의자에 앉았다. 창밖의 달은 밤하늘을 밝혀주고 있었다. 달에게 내가 해줄 수 있는 거라곤 기억하는 것밖에 없다. 여전히 낮에도 달은 뜬다. 참 오묘한 한 해의 마지막 달이었다.

6시 내 고향

고깃집에서 TV를 보다 문득 설탕국수가 먹고 싶어졌다.

얼마 전 TV를 장만했다. 신기하게도 집들이를 온 사람들은 하나같이 새로운 가구들 중에서 TV를 먼저 언급했으니 없었으면 허전했겠다는 생각마저 든다. 하지만 우리집 TV가 제 역할을 하는 때는 극히 드물다. 혼자서는 청승맞아 보일까 안 보게 되고, 여럿이서는 상대방에 소홀해 보일까 안 보게 된다. 그나마 집 안을 감싸는 적막이 지겨워 가끔 TV를 켜두고 다른 일을 할 때 정도.

어렸을 때는 그래도 TV를 자주 봤었다. 컴퓨터고 휴대폰이고 별로 볼거리가 없던 시절 집 안에서 마땅히 할 것이라곤 TV 시청뿐이었으니 지금보다는 더 많이 볼 수밖에 없었다. 갓 초등학교에 입학한 어린 남자아이의 취향은 〈6시 내 고향〉이었다. 거참 취향 특이한 놈일세, 하고 신기해하지 않아도 될 것이 채널 선택권은 내게 없었다. 맞벌이를 하시는 부모님이 집에 없어 학교가 끝나면 곧바로 할머니 집으로 향했고, 저녁을 먹을 시간이 다가오면 할머니는 꼭 〈6시 내 고향〉을 틀어두고 부엌으로 가셨다.

할머니는 자주 국수를 해주셨다. 음식 솜씨가 좋으셔서 무엇 하나 사다 하시는 게 없었다. 항상 직접 면을 만드셨는데, 기억력이 매우 형편없음에도 또렷이 기억하는 한 가지는 이래야 손이 시리지 않다며 입으로 '스스' 소리를 내가시며 맥주병으로 반죽을 미는 할머니의 모습이다.

TV에서 방영하는 그 어떤 프로그램도 그 풍경이 담고 있는 정취를 이겨내지 못했으므로 몇 분이고 옆에 달라붙어 할머니의 요리를 구경했다.

팥칼국수고 잔치국수고 할머니가 해주는 국수는 전부 맛있었는데, 그중에서도 최고는 설탕국수였다. 시원한 얼음물에 직접 만든 면을 가득 담고 설탕을 넣어먹는 가장 간단하고 별다를 것 없는 레시피의 국수였지만, 그것만큼의 별미도 또 없었다.

시간이 지나 우리 집은 이사를 했고, 할머니 집과 멀어졌다. 자연스레 TV나 국수 역시 찾지 않게 됐다. 할머니를 잃고서 한동안은 쳐다보지도 않았다. 앞으로도 국수는 내게 어느 가게도 최고라 인정받지 못할 것이다.

생일인 친구에게 고기를 사 줄 테니 외식이나 하자 했다. 가게 안으로 들어서자 할머님 두 분이 우리를 맞아주셨다. TV가 틀어져 있길래 볼 일이 있겠나 싶어 바로 아래 자리를 잡고 음식을 주문했다.

고기가 나오기를 기다리다 무심코 고개를 들었다. 〈6시 내 고향〉이 방송 막바지에 다다라 있었다. 나보다 세 살이 더 많은 〈6시 내 고향〉은 벌써 서른 살이 되었지만 변한 것이 없었다.

나는 이토록 자랐고, TV를 함께 보던 할머니는 이제 내 곁에 없다. 언젠가는 설탕국수를 직접 해먹어보고 싶다. 얼마나 모자란 솜씨인가를 깨닫고, 되찾지 못할 맛을 그리며 한 사람의 커다란 빈자리를 때마다 체감하게 될 테니.

혼자가
아니야

오전에는 치킨 반죽을 하고, 오후에는 서류에 통과한 기업들의 인적성고사 기출문제를 공부하고, 저녁에는 글을 썼다. 늦은 밤 집으로 돌아와 침대에 누운 지 얼마 지나지 않아 바로 잠에 들 정도로 몸은 힘들었지만, 마음은 살짝 들떠 있었다. 자기소개서에 쓰인 글자로 평가된 나라는 사람은 사회의 눈에 그리 나빠 보이진 않았나보다.

나는 어느 정도의 점수를 받았고, 어느 정도의 순위로 시험을 볼 수 있는 기회를 얻었다. 어찌됐건 나는 분명 그 평가보단 더 나은 사람일 거라고 되새김질한다. 세상이 우리에게 요구하는 기준대로 살아가면 너무 퍽퍽하니까.

용모가 단정하고, 목소리에 힘이 있으며, 전공적인 지식을 겸비하고 있는 사람.

이런 보통의 인재상을 스스로에게 강요하지 않겠다. 나는 그냥, 나라는 인간이다.

무슨 일이든 후회가 남지 않을 만큼 최선을 다하자 다짐했다. 다만 결과에 연연하지 않는 선에서. 뭐든 적당히.

치킨집 아르바이트는 꾸준히 나갔다. 하루이틀쯤 아르바이트를 쉬고 준비에 집중해야 하는 거 아닐까 하는 불안이 스쳐지나갈 때도 있었지만, 굳이 그렇게 하지는 않았다. 언어나 수리를 공부하는 것보다야 가게에서 사람들을 구경하고 몸을 움직여 직접 일을 하는 게 훨씬 재밌어서다. 그리고 어느 상황이든 관계없이 내 하루하루의 루틴을 유지하고 싶었다.

일곱시에 일어나 부지런히 준비를 하고 지하철에 몸을 실었다. 약속 시간에 강박이 있는지라 예정된 시간보다 일찍 도착해 한적한 카페에 들어가 커피 한 잔을 마셨다. 이른 시간에 막 오픈해서인지 손님이 아무도 없는 공간에서 차분히 옷매무새를 다듬었다.

아침에 꽤나 오랫동안 고민해서 필요한 것들을 챙겼다. 어디 흐트러진 곳은 없는지 괜히 이곳저곳을 매만지다, 문득 '나의 사람'들이 떠올랐다. 나는 그날 아빠가 사준 헨리 넥셔츠에 시계를 찼고, 엄마가 사준 슬랙스바지에 구두를 신었다. 손에는 친한 후배가 사준 열쇠고리가 쥐어져 있었고, 휴대폰으로 사장님과 친구들이 보내준 응원 메시지를 보며 긴장한 마음을 달랬다. 나는 혼자였지만, 실은 혼자가 아니었다. 나만큼이나 나를 응원해주고, 걱정해주고, 사랑해주는 든든한 사람들이 곁을 지켜주고 있었다. 이토록 과분한 응원으로 나는 하루를 살아냈다. 셔츠의 단추를 전부 풀었다가, 다시 천천히 채웠다. 우리는 셔츠의 단추를 하나씩 채워나가는 것처럼 서로를 위하고 있었다.

시험을 치르고 건물 밖으로 나왔을 때 날씨가 정말 좋았다. 그래서 나도 모르게 기분좋은 한숨을 푹 내쉬며 날씨 참 좋다고 중얼거렸다. 그 순간에는 끝났다는 연락을 해줘야겠다는 생각뿐이었다.

부모님에게는 전화를 걸었고, 친구들에게는 덕분에 잘 마친 것 같다는 메시지를 보냈다.

집에 도착하자마자 그대로 쓰러져 죽은듯 잠에 들겠지만, 그다음날은 언제 그랬냐는 듯 사람들을 만나며 여전히 평범한 하루를 살아가겠지. 더 열심히 치킨 반죽을 만들고, 더 열심히 글을 쓰고, 더 열심히 좋아하는 사람들을 응원하고, 걱정하고, 사랑하면서. 날마다 아무 일 없이 이어지는 평범한 하루를.

의자의
역할

이 세상에 존재하는 모든 것들에는 역할이라는 것이 주어진다. 예를 들면 펜을 글자를 써내는 것이 역할이고, 종이는 그 글자를 받아내는 것이 역할이다. 대부분의 경우 한 가지의 역할을 충실히 수행할 수 있도록 만들어졌다.

그러나 인간은 다르다. 나라는 인간은 세상에 만 개쯤은 더 있을 어떤 이름을 부여받고 태어나 아들, 학생, 동생, 후배, 선배, 직장인과 같은 역할을 동시에 수행해내기 위해 발버둥치는 중이다. 가끔은 당연하게 그러려니 하고 넘어가던 것들이 문득 억울해져서는 딱 한 가지 역할만 수행해도 되는 다른 사물에 질투를 느껴 괜한 화풀이를 하곤 한다.

가장 큰 피해자는 의자가 아닐까 싶다. 인간의 엉덩이에 짓눌리는 수모를 견뎌야 하는 그의 입장에서는 내가 대충 던져주는 옷을 걸치고 있는 잡일까지 생겨났으니 얼마나 억울할까. 힘들 때 털썩 주저앉고, 다른 사람에게 앉기를 권유하기도 하며, 걸리적거리면 발로 툭 차기까지 하니 의자는 참 어려운 역할을 수행중이다.

가끔 그런 생각을 한다. 내가 의자였다면 하루도 버티지 못했을 거라는 그런. 누군가의 무게를 감당한다는 것은 여간 힘든 일이 아니라는 사실을 잘 알고 있다. 그걸 알면서도 자꾸 기대고 기대하게 된다. 무수한 타인들과 부대끼는 하루를 생채기 하나 없이 무난하게 지나올 수 없다는 것, 그러한 하루에 물든 스스로를 사랑이라는 명목으로 소중한 사람들에게 던져버려서는 안 된다는 것을 나는 자주 망각한다. 당연한 것 같지만, 결코 당연하지 않기에 우리는 기대할수록 실망하게 된다. 결국 아무것도 제대로 해내는 것 없이 서로를 잃게 될까 두려움이 밀려온다. 평생을 그렇게 서서 나아갈 수는 없으니까.

사랑하는 사람은 언제나 나를 행복하게 해줘야만 하는 역할을 부여받지 않았다. 그러니까 그에게는 그럴 책임이 없다는 말이다. 타인에게 의자의 역할을 기대하는 것은 어쩌면 꽤나 무책임한 일일지도 모르겠다. 당장 나조차도 의자가 되어줄 수 있을까 의심하고, 해내지 못할 거라고 고개를 내저으면서 어떻게 그 고된 일을 상대방에게 미루겠나.

힘들 땐 서로에게 기대라는 말, 나는 그 말을 믿지 않는다. 맞닿은 등으로 잠시나마 서로의 무게를 느끼고 나눌 수는 있겠지만, 각자의 얼굴이 어떤 감정을 지어내고 있는지도 모르게 각자 다른 곳을 멍하니 응시하고 있으면 마음은 여전한 외로움을 쓸쓸히 지탱하고 있어야 한다.

너무 힘이 들어 애써 버텨가며 서 있지 않고, 그 자리에 털썩 주저앉아버리는 게 뭐 어떤가. 서로의 얼굴을 응시하며 실은 이런 일이 있었노라 웃고, 울고, 화내고, 즐거워하는 것, 그게 정말 서로에게 힘이 되어주는 일이라고 믿는다. 그래서 나는 사랑하는 사람들에게 의자가 되어줄 수 없고, 의자가 되어달라 말할 수도 없다. 그보단 나 자신에게 의지할 수 있는 단단한 사람이 되자고 다짐한다.

당연하게 기대하고 있던 것들을 내려놓아야 내가 편하다. 덜 실망하며 더 감사한다. 그렇게 여유를 되찾는다.

불안이라는
반죽

딱 한 번, 공부에 사활을 걸었던 적이 있다.

내키지 않는 일에 최선을 다하지 말자는 가치관으로 일관해온 사람인지라 뭐든 적당히가 익숙했고, 운좋게도 결과마저 네가 옳다는 듯 뒤따라왔다. 그래서인지 시험 때마다 긴장이란 것과는 거리가 멀었다. 그러다 비중이 꽤나 컸던 고등학교 3학년 마지막 내신을 앞두고 사고가 발생했다. 내가 원하던 성적으로 마무리하기 위해선 높은 점수가 필요했는데, 나름 자신 있다고 생각했던 영어 성적이 엉망이었다. 시험이 너무 쉬워 상향 평준화된 것 같다는 선생님의 설명을 핑계삼기엔 자만했던 내 탓이 더 컸다. 기말에서 완벽에 가까운 성적을 받지 못하면 한순간에 무너질 수 있는 상황이었다.

백 점이 아니면 죽는다는 마음으로 책을 통째로 외워버렸다. 밤을 새워가며 공부하는 건 기본이고, 식사시간을 제외하고는 도서관에 살아가며 엄청난 시간을 공부에 쏟았다. 툭 치면 어떤 지문에 어떤 내용이 나오는지 술술 외울 정도였으니 이번만큼은 운 따위에 결과를 맡기지 않아도 당연히 원하는 성적이 나오리라 믿었다.

하지만 그 믿음은 시험 당일이 되고 서서히 무너지기 시작했다. 시험 시간이 가까워지자 손이 떨리더니, 급기야 식은땀이 흐르고 심장이 미친듯이 뛰었다. 최선을 다하지 않았을 땐 덤덤하다가 최선을 다하니 그토록 불안할 수가 없었다. 이렇게까지 했는데 결과가 좋지 않으면 어떡하지.

아이러니하게도 어느 때보다 열심히 했기에 급속도로 불안이 번졌다. 그렇다고 순간의 불안감에 휘둘려 그간의 노력을 버리고 싶진 않았다. 곧바로 잘할 거라고 스스로를 다독이고 시험에 응했다. 시험을 무사히 치르고도 무엇 하나 확신하지 못했다. 혹여나 원하는 결과가 나오지 않더라도 최선을 다했으니 괜찮다는 자위가 내가 할 수 있는 전부였다.

나의 첫 불안의 성적은 96점이었다. 시험이 쉬웠는지 어려웠는지조차 판단하기 힘들 만큼 정신이 없었는데, 나중에 선생님의 말을 들어보니 기말시험의 난이도는 극강이었다고 하셨다. 그렇게 결국 영어과목 1등급을 받아냈다. 내가 느꼈던 불안의 정체는 무엇이었을까. 평소보다 더한 시간과 노력을 쏟았으니 오히려 안심해야 했던 것 아니었을까? 그게 아니라면 혹시 불안이란 건 돌고 돌아 안정과 한몸이 되는 건 아닐까? 어쩌면 우리가 느끼는 기쁨, 아픔, 슬픔, 많음, 적음, 좌절, 꿈, 이러한 것들의 출발은 자신의 간절함에서 나오는 불안이 아닐까?

적어도 나에게는 불안이 그런 존재였다. 불안하기에 안심이 된다. 얼마나 애타게 바라고 준비했는지를 너무나 잘 알기에 자연스러운 떨림을 애써 멈추라 다그치지 않는다.

불안하다는 건 잘하고 있다는 증거일지 모른다. 중요한 건 몇 번이고 두드리고 패대기쳐가며 단단하게 다져놓은 아주 찰진 반죽을 괜한 의심과 초조함으로 으깨버리지 않는 믿음이다. 불안이라는 반죽으로 완성된 우리는 꽤나 맛깔난 음식으로 완성된다.

처음과 끝

친구와 함께 이른 저녁을 먹으러 가던 길이었다. 우리의 머릿속에는 여러 후보가 있었으나, 오래 거리를 방황하고 싶지 않아 근처에 새로 생긴 햄버거 가게로 들어갔다.

거리에는 햇볕이 조금씩 쌓이기 시작했다. 오늘 참 지치는 날이라고 중얼거리던 중에 모르는 번호로 전화 한 통이 걸려왔다. 면접을 본 기업의 최종 결과를 안내하는 것이었다.

'됐다!' 하는 외마디 비명이 앙다문 입술 사이로 새어나왔다. 곧바로 치킨집 사장님께 전화를 걸었다. 시원섭섭한 듯 축하를 건네는 사장님의 목소리에 아쉬움이 가득 묻어났다. 짧다면 짧고, 길다면 길었던 내 아르바이트 생활은 그렇게 끝이 났다.

나에게 치킨집은 하나의 공간 그 이상의 의미가 되었다. 또다른 누군가 나의 빈자리를 채우겠지만, 나라는 사람이 있었음을 잊어버릴 만큼 잘하지는 않았으면 좋겠다는 이기적인 마음이 들었다.

나 없이는 안 될 거라 확신하더라도, 나 없이도 잘만 굴러가겠지. 없으면 없는 대로 있으면 있는 대로, 어떻게든 살아지는 것이 인생이니까. 무슨 일 있었냐는 듯 고요하게 흘러갈 것이다.

이별이라 하면 어느 한 계절의 증표가 아른거린다. 겨울이 되면 그 계절의 증표처럼 내리는 눈이 그것이다.

첫눈은 사람을 두근거리게 만든다. 새로 산 노트의 첫 장에 글씨를 써내려갈 때의 감정과 비슷하다고나 할까. 아주 천천히 정성스러운 손짓을 이어나간다. 그러다 조금 어긋나면, 찢거나 지워낸다. 점차 처음 쓸 때의 마음은 희미해지고, 예정되어 있던 끝을 마주하게 된다. 서툴러도 그러려니 너그럽게 넘어갈 걸 후회가 고개를 든다.

끝눈을 보는 감정은 끝장의 감정과는 조금 다를 거라 생각한다. 끝장은 언제 헤어지도록 정해져 있으니 마음의 준비가 가능하다. 하지만 끝눈은 언제건 상관없어질 정도로,

첫눈의 설렘이 희미해진 상태가 되어서야 이별한다. 어쨌든 봄은 돌아온다는 확신이 있어서일까. 문득 끝눈이란 말이 아련해진다. 잘 가라 인사해주는 사람이 없다면, 아무래도 섭섭할 것 같다. 잘 갈 수 있을지도 의문이다.

이십대, 그 정중앙에서 맞이한 어느 관계의 겨울은 다행히도 서로가 가진 끝의 감정을 공유했다. 급작스럽게 맞이한 마지막에도 서로의 앞날을 응원해준다는 것이 얼마나 어려운 일인지를, 그것이 얼마나 감사한 일인지를 알고 있다. 수많은 관계가 서로의 끝이 가진 감정을 공유하지 못하기 때문이다. 지금껏 다음을 기약하지 못했던 이들에 대한 아쉬움이 덜컥 내려온다.

우리의 봄은 돌아오지 않을 것이며, 당신과 나눴던 처음의 감정은 흐지부지 잊혀가겠지. 괜히 잘해보려는 마음이 엇나가 벌컥 화를 냈던 기억이 떠오른다. 어쩌면 헤어지며 인사조차 나누지 않았을지도 모른다.

발밑에 언제 쌓였는지 모를 수북한 눈을 밟으며 곁에 있는 사람들을 생각한다. 나의 발자국으로 인해 흰 눈이 처음보다 까매졌을지 모르지만, 그조차 추억의 흔적이라 여기겠다.

또 올게요
또 오세요

오지 않을 것 같던 아득한 끝을 갈구하며 도대체 언제쯤 일을 그만해도 되는 만큼의 여유가 생길까. 어린아이처럼 징징되던 게 언제였냐고 묻기라도 하듯 막상 끝에 다다라 뒤돌아보니 시원하기보다는 섭섭한 감정이 더했다. 아르바이트를 그만둘 때가 되니 예전에, 학교로 돌아가기 위해 학원 아르바이트를 그만두게 되었던 날이 생각난다.

그 일 년 동안 내 시계는 아르바이트를 시작했던 여름에 맞춰 흘러가고 있었다. 그리고 일 년 후, 출발선이자 종착점인 계절에 다시 섰다. 그 기간 동안 나에게 단순한 아르바이트 이상의 의미였던 한 시기와 공간이 이제 내 것이 아니게 되었다. 매일 지루하게 반복되는 일상과 업무 속에서도 마지막을 맞이하니 아쉽고 그리운 것투성이었다. 그리고 그 대부분은 결국 사람이었다. 그동안은 아무리 힘들어도 사람으로 버텨낼 수 있었다. 뭐든 반복하면 능숙해지기 마련이거늘, 나는 언제나 이별에 서투르다. 떠나기 전부터 아쉬움에 몸부림쳤다. 아무래도 시원섭섭하다는 단어는 순서가 잘못됐다. 섭섭시원했다. 끝까지 잘 달려왔다는 성취감은 아주 잠시, 섭섭함으로 몇 날 며칠을 거뜬히 앓아누울 기세였다.

여느 날과 다르지 않게 아침 일찍 출근해 벽에 걸린 달력을 지긋이 바라봤다. 이제 곧 자리를 정리해야 할 날이 다가왔다. 문득 그런 생각이 들었다. 과연 내가 한껏 정들어버린 장소와 사람들이 찍힌 풍경을 한때의 추억으로 미뤄둘 수 있을까? 그럴 수 있다고도, 그럴 수 없다고도 할 수 없었다. 다시 이곳에 돌아온대도, 다시 이 순간으로 돌아올 순 없기에, 익숙한 것들과의 이별의 종착역은 그리움이기에.

보내야 하는 건 건물 안에만 있진 않았다. 학원을 나서 자주 가던 카페에 들렀다. 매번 나를 반갑게 맞아주시던 카페 사장님께 작별인사를 하기 위해서.

언제나처럼 환하게 웃으며 살가운 인사를 건네주시는 사장님의 모습을 보고는 기분이 좋아졌다가도, 이내 우울해졌다. 나를 처음 보자마자 하셨던 말이 인상이 참 좋다는 거였는데, 끝인상은 어떨는지.

금세 커피 한 잔을 다 비우고 빈 잔을 만지작거리던 내게 그녀는 따스한 레몬차를 건넸다. 그녀의 마음처럼 환하게 빛나는 노란 레몬차를 금세 비우고는 책장에 꽂혀 있던 방명록에 이런 글을 남겼다.

— '안녕히 계세요'라는 말이 왠지 모르게 찡합니다. 정말 끝이라는 마지막 인사를 하는 것 같아서요. 그래서 저는 '또 올게요'라는 말로 헤어짐의 인사를 대신하려 합니다. 다음에 꼭, 또 올게요.

매일 마감을 하고서 방명록을 읽는다는 그녀가 그래서 그랬구나 하고 잠시나마 미소 짓길 바랐다. 그 이후로 우리의 인사는 '또 올게요'와 '또 오세요'가 되겠지.

나는 그 인사말이 참 좋았다. 기약 없는 돌아옴을 약속하는 이기적인 인간은 헤어짐만큼은 적응하지 않고 싶었다. 그래서 카페를 나서며 그동안 감사했다느니, 잊지 못할 거

라느니, 떠나게 됐다느니 따위의 말을 하지 않았다. 그저
또 올게요, 그게 전부였다.

아마도
우리에겐
이름이 있었지

아르바이트 마지막날이었다. 정확히 말하자면 마지막날이 될지도 몰랐음에도 어떠한 촉이 발동해 평소였으면 하지 않았을 짓을 하게 된 날이었다.

일을 시작하고 가게와 손님들이 익숙해졌을 즈음, 무의식적으로 자주 보는 얼굴의 빈도를 세기 시작했다. 한 번, 두 번, 그러다 숫자가 무의미해질 때쯤 사소한 단어들로 자주 오는 손님을 어설프게나마 묘사했다. 매번 먹는 메뉴로, 외형적인 특징으로, 그리고 굳이 말로 설명하지 않아도 알아챌 정도가 됐다.

퍽 낯을 많이 가리는 것치곤 사람에게 스스럼없이 다가가는 편인지라 슬쩍 아는 척을 했다. 완성된 음식을 직접 가지고 나가 손님에게 건네주며 짧은 대화를 나눴다. 점심으로 까르보나라 파스타만 드시던 손님은 항상 어린잎을 빼고 달라고 하셨던 게 생각나 어린잎을 올리지 않고 가져다 드렸다. 손님은 내가 자신을 기억하고 있다는 것에 놀라며 고마워하셨고, 나는 이 정도야 기본 아니겠냐며 웃어 보였다. 그렇게 몇 번을 더 우리는 짧은 대화를 주고받았다. 별로 친하진 않지만, 그렇다고 친하지 않은 것도 않은, 지인 정도가 적당하다 싶은 애매한 관계를 맺었다.

아무래도 괜찮았다. 지인에서 한 발짝 더 나아가면 지인일 때보다 못한 사이가 많다는 사실을 아니까.

모든 관계가 발전하게 되는 시발점은 이름이라 여겼다. 가끔 내 옆에 있는 사람의 이름을 아는 것이 얼마나 억울한 일인가에 대하여 골몰한다. 우리는 자신의 이름에 아무런 결정권을 갖지 못하고 일평생을 보내는데, 첫 만남에 서로의 이름을 묻는다. 그리고 이름을 안다는 것으로 서로를 잘 알게 된 것처럼 느끼며 지인이라는 선을 덜컥 넘어선다. 만약 서로의 이름을 몰랐더라면 나중에 가서야 그 이름 하나가 당신에 대해 더 알아가고 싶다는 증표쯤으로 의미 있게 쓰이진 않았을까 생각한다. 그래서 내가 단골이거나, 내가 일하는 곳의 단골손님이거나, 그곳에서의 인연이 결코 가볍게 치부되지 않는다.

그날 오후, 회사로부터 합격을 축하한다는 메일을 받았다. 기쁨도 잠시, 결국 이름을 묻지 못하고 끝난 단골손님이 떠올랐다. 뒤늦게 둘러보니 모르는 이름들이 꽤나 많았다. 당장에 같이 일했지만 몇 마디 나눠보지도 못한 서빙 형과 주방에서 동고동락했던 사장님까지. 간단한 통성명조차 하지 못한 그저 그런 사이였을까.

혹여나 다시 그곳에 돌아가 우연히라도 마주하게 된다면, 너무 반갑다고 말을 걸어야겠다. 우리가 이름도 주고받지 않았다는 사실을 아느냐는 멋쩍은 핑계가 있으니 얼마나 다행인지 모른다.

팔리는 인간

공개된 곳에 글을 쓴 지 일 년이 되어가던 때였다. 내가 쓰는 글의 가능성을 알아봐준 사람이 나타났고, 반년 정도를 꾸준히 작업에 몰두했다. 하지만 나는 사람들이 요구하는 대로 글을 쓸 능력과 마음이 많이도 모자랐다. 처음에는 나의 책을 내고 싶다는 욕심으로 내가 아닌 다른 무언가를 억지로 종이 위에 욱여넣었다. 시간이 지날수록 늘어나는 건 진솔한 이야기가 아니라 불안과 걱정 같은 거짓이었다. 기회는 준비된 자에게만 찾아온다 했던가. 나는 아무것도 준비된 것이 없었다. 그래서 기회를 놓쳤다. 그것도 내 손으로 직접 손아귀의 힘을 풀어버렸다. 실패라는 녀석보다, 나의 자존심이 고개를 조아리는 것이 더 비참했다.

어린아이처럼 손에 쥔 것을 잃어버릴까 두려워 부들거리다, 별거 아닌 두려움으로 잃어버릴 필요 없었던 것들까지 잃어버릴 수도 있었다. 이렇게 될 줄 알았다. 그래서 두려웠다. 얼마나 거대한 먹구름이 머리 위로 몰려올까. 속상하고, 좌절하고, 후회하고, 자존감은 바닥을 치고, 그럴 줄 알았다. 그런데 속이 쓰린 것도 잠시, 곧 생각보다 훨씬 후련하고 덤덤해졌다. 나는 정말 괜찮았다. 첫번째 기회여서, 그래서.

나에게 찾아온 첫번째 기회가 내 것이 아니었다는 생각이 든다. 기회라는 건 절대 놓치면 안 되는 거라는 강박관념이 있었다. 덕분에 급했고, 억지스러웠고, 무엇보다 나답지 못했다. 돌이켜보면 나의 처음은 전부 같은 얼굴을 하고 있었다. 부모님의 아들로 살아보는 게 처음이라 서툴렀고, 애태웠던 첫사랑은 이뤄지질 않았고, 설렘을 안고 내려오는 첫눈은 금방 그쳤으며, 놓치지 않으려 안간힘을 쓰고 버텼던 첫번째 기회는 허무하게 떠나갔다. 그런데 이토록 많았던 실패들의 끝은 결국 실패가 아니다. 첫번째라는 부담스러운 숫자로 다가왔던 녀석들에게 무너짐으로 인해 다음을 더 강하고 단단하게 만들 수 있었다. 부모님께 살가운 아들이 되기 위해 노력하고, 다음 사랑에 용기 내어 고백하고, 스치듯 지나가는 첫눈의 잔상을 남기려 그것이 머리에 가득 쌓이도록 가만 있어도 봤으며, 내 것이 아니었던 기회를 놓아주었다.

처음이라서 아팠고, 처음이라서 괜찮았다. 물론 처음을 곧잘 해내는 사람도 있겠으나, 우리는 대부분 처음이라 어색하고, 실수하고, 또 용서받는다. 처음에게 세게 한 대 얻어맞았음을 욕하지 않겠다. 도리어 새로운 기회를 잡기 위해 끊임없이 반성하고 고민하겠다.

첫번째 기회를 놓친 지 한 시간 만에 마음을 추스르고 다시 글을 썼다. 혹시라도 남아 있을 미련은 일 년 반을 함께했던 이전의 나와 함께 지워냈다. 손에서 빠져나가는 것들이 적지 않음을 감수한다는 게 쉬운 결정은 아니었다. 어찌됐건 예전만큼, 아니 그보다 더 많은 사람들의 눈길과 마음을 붙잡아두는 것은 좋은 글을 써내야 하는 나의 몫이었다.

나에게는 아직 몇번째가 마지막일지 정해지지 않은 그런 기회들이 남아 있다. 손 위에 놓인 자잘한 모래를 모두 붙잡기 위해 애쓸 필요 없다. 어차피 떨어질 거였다면 떨어져버리라는 마음으로 손을 쫙 펴도, 그래도 손 위에 머무를 모래는 여전히 남아 있다. 기회란 쫙 편 손 위에 남은 모래알 같은 것. 누군가는 기회를 찾아온다 표현하나, 나는 기회를 찾아간다 표현하련다.

기껏해야 첫번째니까 놓쳤다고 후회 말자. 우리는 다음 기회를 위해 씩씩하게 나아가고 있으므로.

*

2020년 겨울, 두번째 기회를 찾아갔다.

글쓰는 것을 그만두고 새로운 취미를 만들어볼까 고민하던 참이었다. 그래도 긴 시간 동안 염원하던 딱 한 출판사에만 투고해보자 했다. 물론 일말의 기대도 없었다. 사람들은 꾸준하게 글의 기획력이라는 것을 강조해왔고, 나는 귀에 딱지가 생기도록 그 말을 들었음에도 불구하고 기획하며 살아지는 인생도 있느냐 반문하며 글을 써왔기 때문이다.

나는 스스로를 '비인기 인간', 그러니까 팔리지 않는 인간이라 칭했다. 어떻게 하면 인기를 얻을 수 있을까 연구

하는 게 아니라, 어떻게 하면 이 더럽게 인기 없는 짓거리를 얼마나 혁신적이고 꾸준하게 할 수 있을까를 고민하는 그런 또라이.

프로젝트에 떨어질 때마다 새로운 분위기의 글을 썼다. 장사가 안 되면 메뉴라도 바꾸자는 양심은 있었던 모양이다. 그렇게 몇 년이 훌쩍 지나갔다. 어디서 본 건 있어서 그만둘 때 그만두더라도 마지막은 정말 색다른 걸 시도해보고 떠나자 했다. 당연히 인기 있는 것들과는 거리가 있었고, 또다시 프로젝트는 실패로 돌아갔다. 하던 걸 하긴 싫었고, 새로운 걸 할 여력은 남아 있지 않았다.

2019년 12월 31일, 애정 하던 출판사에 투고했다. 8일 후, 함께 작업하자는 메일을 받았다.

드디어 팔렸다. 사 년 하고도 반 만에 팔리는 인간이 됐다.

내가 가진 거라곤 꾸준함과 비인기 인간도 팔릴 수 있다고 믿는 똘끼뿐이었는데 말이다. 대단한 경험도, 직장도, 재주도 소유하고 있지 않다. 그저 두 손을 한껏 벌려도 온몸의 빈틈을 타고 흘러가는 바람과 같은 하루를 끄적이려는 노력이 내가 가진 전부였다. 내가 보여주고팠던 세계는 다른 게 아니라 나와 같이 별거 아닌 평범한 사람이 살아가는 별거 아닌 평범한 하루, 그것의 충분함과 대단함이었다. 이 일상이 누군가의 마음이 움직였다면 자연스레 읽어질 테고, 누군가의 마음 한구석에 꽂힐 수 있었으면, 그거면 될 것 같다.

그간의 무수한 실패의 결말은 결국 성공이었다. 그러니 이후의 내가 언젠가 또 실패하는 중이라면 결코 그 결말조차 실패일 거라고 단정짓지 말기를…….

당신을
헤아리는 일

　당신이라는 존재를 처음 인지한 것이 언제인지 정확히 기억나질 않습니다. 사람들은 모든 일의 시작을 잊을 수 없다고 말하지만, 나와 당신의 시작만은 예외가 아닐까요.

　희미한 기억을 더듬다 결국 그동안 나의 곁을 스쳐지나 간 무수한 타인들과 같이 당신 또한 그렇게 무심코 나라는 인간을 스쳐지나갔겠구나 생각해봅니다. 서로를 전혀 모르는 채로, 여전한 타인으로 남은 날들을 살아갔더라도 이상할 것이 없었을 우리였는데, 그런데 왜인지 모르게 나의 눈길이 당신에게 우두커니 머무릅니다. 당신에게서 나를 봤기 때문입니다.

　당신이 또렷해진 건 당신이라는 문장을 본 뒤였습니다. 당신을 오롯이 담아낸 기분을 읽은 뒤로 당신을 스쳐 보낼 수가 없었습니다. 모두가 행복하게만 살아가는 것처럼 보이는 공간에서 당신은 슬프고 아프다고 고백하더군요.

나는 당신에게 그래도 되냐고 묻는다거나, 묻는 것 자체가 실례는 아닐지 고민 없이 당신을 썼습니다. 지난날의 혹은 앞으로의 내 모습을 당신을 빌려 망설임 없이 적어냈습니다. 그러고는 투박하고 볼품없는 글 한 편을 당신에게 선물이랍시고 불쑥 내밀었습니다.

진심으로 고마워하던 당신에게 보낸 나의 용기가 아마도 우리의 처음이었던 것 같습니다.

기꺼운 마음으로 이 무례함을 받아준 당신에게 오히려 제가 더 고마웠습니다. 우리는 이후로 꽤나 깊은 이야기를 나누었죠. 덕분에 아직도 내 곁을 지나가는 여러 타인들보다는 조금 더 친근한 관계라고 불러도 괜찮을 법한 사이가 되었습니다. 이따금씩 한 번 보고 술 한잔 하자는 약속을 하는데, 보통의 어른의 관계가 늘 그렇듯 서로가 가진 하루라는 큰 판을 이루는 조각이 맞물리는 부분을 찾는다는 건 그리 쉬운 일이 아닌지라 우리의 만남이 언제가 될지는 잘 모르겠습니다.

시간이라는 야속한 한계 이외에도 여러 장애물들이 있겠지만, 가장 큰 벽은 나는 당신을, 당신은 나를 헤아리는 수

고로움을 가져야 할지도 모른다는 주저함일 겁니다.

　우리는 친구와 타인, 그를 구분 짓는 경계를 밟고 서 있습니다. 굳이 더하자면 그냥 알고 지내는 지인 정도가 있겠죠. 누구 하나 맞잡은 끈을 놓아버리면 언제든 타인으로 돌아갈지 모르는 이 관계를 나는 대단한 이유도 없이 지켜보려 노력하는 중입니다. 단지 당신의 결이 나와 비슷하게 새겨져 있다는 사실 하나만으로 일면식도 없는 당신을 헤아리는 일을 해보려 합니다. 자신의 마음조차 제대로 헤아리지 못하는 놈이 당신도 그렇지 않을까 생각하며 당신을 헤아려보려 합니다.

　이런 무책임한 바람들에 대한 책임은, 끈을 놓을 선택권을 당신에게 주는 것으로 대신하겠습니다. 내가 할 수 있는 거라곤 그것밖에 없네요.

　그리고 나를 스쳐지나가지 않은 수많은 나의 당신들에게.

회색 인간

당연한 것들에 의구심이 들 때가 있다. 가령 "흰색은 밝은색인가?"라든지, "검은색은 어두운색인가?" 하는 그런. 그렇다면 이 두 색의 중간은 도대체 어떤 색이란 말인가. 저마다 마음에 품은 색은 모두 다르니 무엇이 답이냐 묻는 건 퍽 소모적인 일이겠다. 내가 품은 것은 회색이다. 아주 희지도, 아주 검지도 않은 것이, 가장 극단적인 두 색의 중간이라면 중간일 어느 지점에서 서로 몸을 섞고 있는 느낌이랄까. 나는 그래서 회색이 좋다.

회색을 좋아하는 나를 보며 사람들은 내게 걱정 어린 말을 건넨다. 무슨 일 있냐라든가, 힘든 일 있으면 언제든 말하라든가. 나는 가끔 검어지는 것이 사실이지만, 여전히 회색임에는 변함이 없다. 그러니까 농도가 짙어지는 것쯤이야 내게 아무런 영향이 없는 아주 가벼운 수준이라는 말이다. 그래서 나는 음울해 보이지만 전혀 음울하지 않고, 복잡해 보이지만 전혀 복잡할 것 없는, 그런 사람이다.

나의 글도 그랬으면 좋겠다. 당신이 노란색이라면 노란색일 것이고, 푸른색이라면 푸른색일 어느 정도와 농도에 소란스럽지 않게 스며들었으면.

오라는 데도 없고 **인기도** 없습니다만

초판 인쇄	2020년 9월 10일
초판 발행	2020년 9월 17일

지은이	이수용
그림	나노

책임편집	이희숙
편집	박선주 이희연
디자인	최정윤
제작	강신은 김동욱 임현식
마케팅	백윤진 이지민 송승헌
홍보	김희숙 김상만 지문희 김현지

펴낸이	이병률
펴낸곳	달 출판사
출판등록	2009년 5월 26일 제406-2009-000034호

주소	10881 경기도 파주시 회동길 455-3
✉	dal@munhak.com
🐦🅕🅞	dalpublishers

전화번호	031-8071-8682(편집)
	031-8071-8671(마케팅)
팩스	031-8071-8672

ISBN	979-11-5816-118-7 03810

이 도서의 국립중앙도서관 출판예정도서목록(CIP)은
서지정보유통지원시스템 홈페이지 (http://seoji.nl.go.kr)와
국가자료종합목록 구축시스템(http://kolis-net.nl.go.kr)에서
이용하실 수 있습니다. (CIP제어번호: CIP2020035921)